ADAM FROST

DUDEN

Mein SUPERCOOLES BUCH über MIC

W0334717

Aus dem Englischen von Bettina Münch

Illustriert von Sarah Ray

Für Anna und Eliza

Bibliografische Information der Deutschen Nationalbibliothek
Die Deutsche Nationalbibliothek verzeichnet diese Publikation
in der Deutschen Nationalbibliografie; detaillierte bibliografische Daten sind
im Internet über http://dnb.dnb.de abrufbar.

Das Wort Duden ist für den Verlag Bibliographisches Institut GmbH
als Marke geschützt.
Kein Teil dieses Werkes darf ohne schriftliche Einwilligung des Verlages in irgendeiner
Form (Fotokopie, Mikrofilm oder ein anderes Verfahren), auch nicht für Zwecke
der Unterrichtsgestaltung, reproduziert oder unter Verwendung elektronischer
Systeme verarbeitet, vervielfältigt oder verbreitet werden.

Alle Rechte vorbehalten. Nachdruck, auch auszugsweise, nicht gestattet.

© Duden 2018 D C B A
Bibliographisches Institut GmbH, Mecklenburgische Straße 53, 14197 Berlin
© der Originalausgabe: Adam Frost und Sarah Ray 2017.
Die Originalausgabe
erschien unter dem Titel „The Book of Me“ bei Bloomsbury Publishing Plc., London.
Diese Übersetzung erscheint beim Verlag Bibliographisches Institut GmbH
mit freundlicher Genehmigung von Bloomsbury Publishing Plc.

Redaktionelle Leitung: Constanze Schöder
Redaktion: Julia Niehaus, Berlin
Autor: Adam Frost
Illustrationen: Sarah Ray / sarahray.co.uk
Herstellung: Uwe Pahnke
Lettering: LemmeDESIGN, Berlin
Umschlaggestaltung: 2issue, München / Michael Möller
Druck und Bindung: AZ Druck und Datentechnik GmbH,
Heisinger Straße 16, 87437 Kempten
Printed in Germany

ISBN 978-3-411-72352-2

www.duden.de

DAS BIN ICH

Vorname:

Zweiter Vorname:

Nachname:

Spitzname(n):

Wenn du keinen hast, erfinde einen!

SCHON GEWUSST?

Jeder muss einen Namen haben. Deine Eltern haben nach deiner Geburt eine Woche Zeit, dich und deinen Namen anzumelden. Ansonsten

VERSTOSSEN SIE GEGEN DAS GESETZ.

NENNT MICH SPIDERMAN

Wusstest du, dass man als Erwachsener seinen Namen ändern kann? Hier sind fünf ungewöhnliche Beispiele aus Großbritannien.

Geburtsname:
JOHN DENTON
↓
Neuer Name:
WILLY WONKA

Geburtsname:
AVA PAYNE
↓
Neuer Name:
AVA TRULY CRUMPTIOUS
(„Ava Echt Fabelhaft")

Geburtsname:
CHARLOTTE PRICE
↓
Neuer Name:
PINK SPARKLY
AND ALL THINGS NICE
(„Pink, Glitzer und alles, was schön ist")

Geburtsname:
DAVID LENNOX

↓

Neuer Name:
HER MAJESTY THE QUEEN
(„Ihre Majestät die Königin“)

Aber das verrückteste Beispiel
ist wahrscheinlich ...

Geburtsname:
DANIEL KNOX-HEWSON

↓

Neuer Name:
EMPEROR SPIDERMAN GANDALF
WOLVERINE SKYWALKER
OPTIMUS PRIME GOKU SONIC
XAVIER RYU CLOUD SUPERMAN
HEMAN BATMAN THRASH

Wenn du deinen Namen ändern würdest, wie würdest du dich nennen?

Veron pissorn dichel

Ich heiße ?

ICH LEBE HIER ...

Markiere auf der Karte, wo du wohnst:

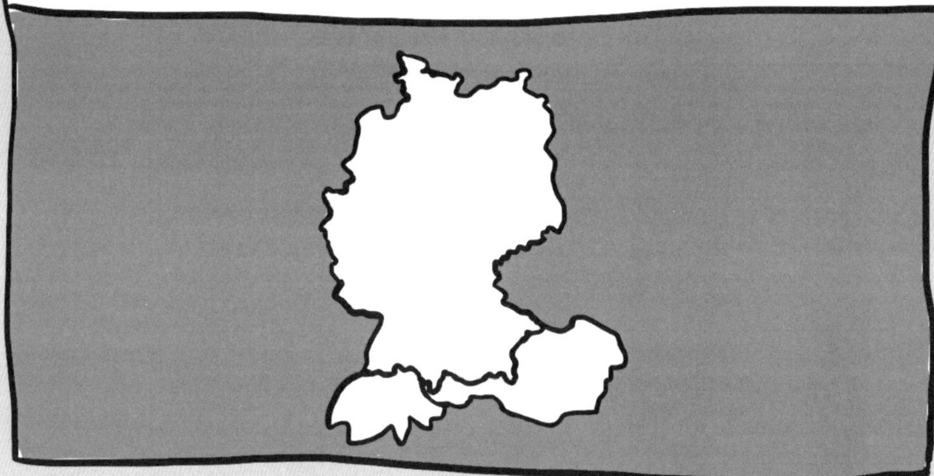

Findest du deinen Wohnort auch auf dieser Karte?

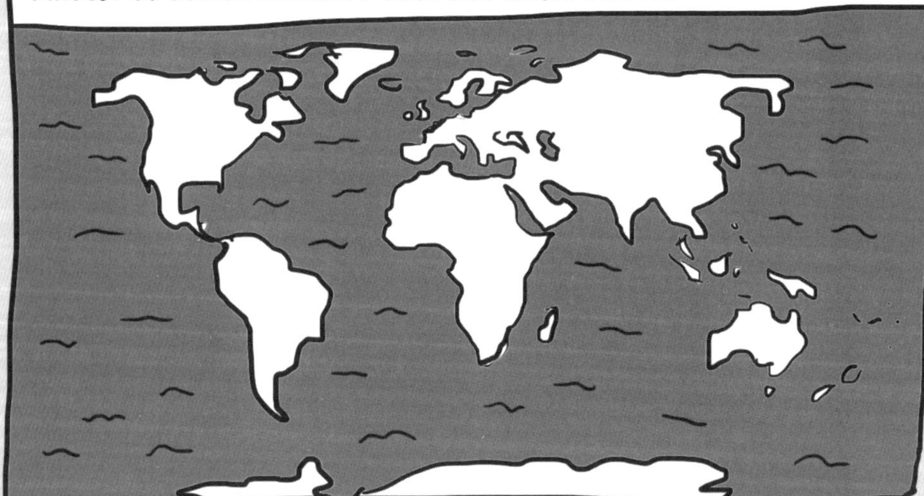

Mache auch hier ein Kreuz.

Und wie ist es mit dieser Karte?

Ganz schön schwer ... Die Antwort steht auf der nächsten Seite.

UNSERE GALAXIE

Schreibe auf, was du an der Milchstraße besonders interessant findest.
Einige Informationen findest du → auf der nächsten Seite.

___

___

___

Zeichne hier einen freundlichen Außerirdischen.

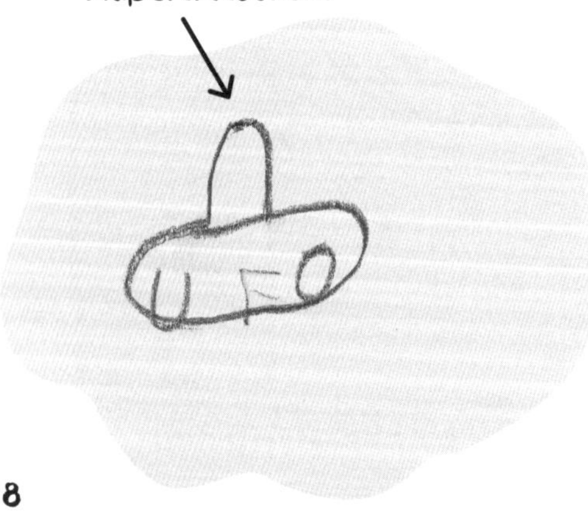

Zeichne hier einen gruseligen Außerirdischen.

Die Erde liegt im Orionarm der Milchstraße.

Die Erde liegt etwa 25 000 Lichtjahre vom Mittelpunkt der Galaxie entfernt.

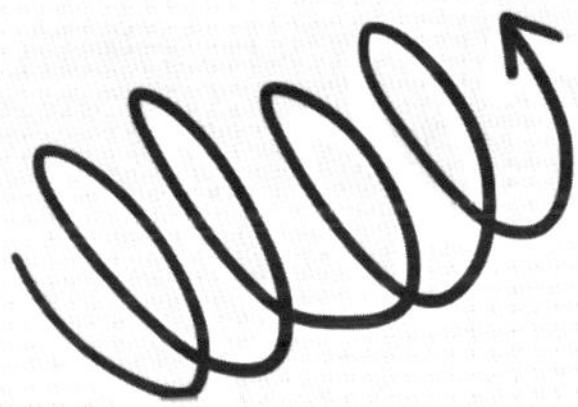

Unser Sonnensystem umkreist die Milchstraße spiralförmig. Eine komplette Umkreisung dauert etwa 250 Millionen Jahre.

Die Milchstraße und ihre Nachbargalaxie Andromeda fliegen mit 400 000 Stundenkilometern aufeinander zu und werden in etwa vier Milliarden Jahren zusammenstoßen.

RUMS!

HIER BIN ICH ZUHAUSE

**In welcher Art von Gebäude wohnst du?
Kreuze eine der Möglichkeiten an – oder zeichne selbst.**

☐ Stadthaus

☐ Landhaus

☐ Mietshaus

☐ Bungalow

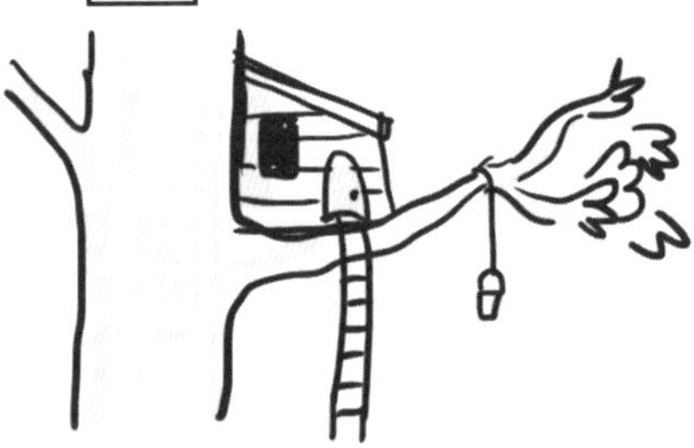

☐ Baumhaus

☐ Iglu

☐ Höhle

☐ Schloss

☐ Hausboot

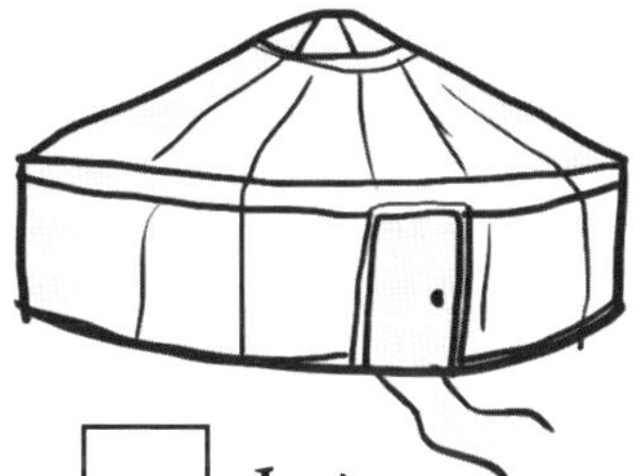

☐ Jurte

Dein Zuhause ist nicht dabei? Dann zeichne es hier hin.

SELTSAME GEBÄUDE

Würdest du gern in einem dieser **EINZIGARTIGEN** Häuser leben?

1.

Im russischen Krasnojarsk gibt es ein Haus, das auf dem Kopf steht.

2.

Im brasilianischen Rio bauten Tiago und Gabriel Primo an einer Kletterwand ein „vertikales Haus“. Sie befestigten sogar Hängematten an den Griffen.

3.

Pierre André Senizergues baute ein Skateboardhaus, mit Rampen an sämtlichen Wänden.

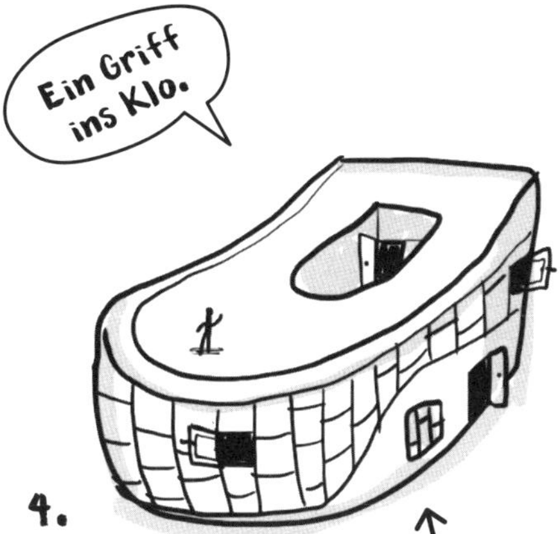

4.

In Korea steht ein Haus in der Form einer gigantischen Kloschüssel.

5.

Im englischen Oxford gibt es ein Haus, in dessen Dach schon seit 30 Jahren ein riesiger Hai aus Kunststoff steckt.

6.

In Japan gibt es ein durchsichtiges Haus. Dach und Wände sind komplett aus Glas!

Am besten gefällt mir

- ☐ Haus Nr. 1
- ☐ Haus Nr. 2
- ☐ Haus Nr. 3
- ☐ Haus Nr. 4
- ☐ Haus Nr. 5
- ☐ Haus Nr. 6
- ☐ Überhaupt keines. Die sind alle bekloppt!

MEIN ZIMMER

Hast du ein Schild an deiner Tür?
Entwirf dein eigenes Türschild.

Hier sind ein paar Ideen ...

Schneide es aus und hänge es auf!

BETRETEN VERBOTEN: Menschenfressender Dino
Zutritt für Jungen verboten
Zutritt für Mädchen verboten
Ich schlafe
Bitte nicht stören
Bin unterwegs
Genie bei der Arbeit
POLIZEIABSPERRUNG – POLIZEIABSPERRUNG
ELTERNFREIE ZONE
Für Vampire streng verboten
MEIN ZIMMER
Eintrittspreise:
Kinder 0 €
Erwachsene 5 €
Superheldentraining: BITTE NICHT STÖREN!
Zur Toilette geht's DA LANG

WIE LAUTET DIE PAROLE?

Schreibe hier ein Passwort für dein Zimmer auf.

**Jetzt reiße diese Seite heraus,
zerknülle sie und SCHLUCK SIE RUNTER!***

* Papier herunterzuschlucken ist ein bisschen eklig. Vielleicht:
a) streust du zuerst ein bisschen Salz drauf ODER
b) du wirfst es lieber in den Mülleimer.
Papier enthält einige SONDERBARE Chemikalien.

Das meistverwendete Computerpasswort lautet „123456“. Das zweithäufigste lautet „Passwort“.

Das berühmteste Passwort der Welt lautet „Sesam, öffne dich“. Es stammt aus der Geschichte „Ali Baba und die vierzig Räuber“ und öffnet den Eingang zu einer Schatzhöhle.

Manchmal muss jemand auf ein Passwort mit einem anderen Passwort (einer „Parole“) antworten. Im Zweiten Weltkrieg begrüßten amerikanische Soldaten Kameraden mit dem Wort „flash“ (Blitz). Der Angesprochene musste mit „thunder“ (Donner) antworten, um zu erkennen zu geben, dass er zur Truppe gehörte.

MEIN TRAUMZIMMER

Zeichne hier dein perfektes Zimmer.

Wie soll es aussehen? Was müsste drin sein?
Einige Vorschläge stehen auf der nächsten Seite.

Eine Rutsche
in den Garten

Eine Stange,
an der du ins
Wohnzimmer
rutschen
kannst

Eine getarnte
Fallgrube für den Fall,
dass dein Bruder
heimlich deine Sachen
stibitzen will

Ein schwebendes Bett

Eine Tür mit einem
Schiebefenster,
durch das du nach
einem Passwort
fragen kannst

Einen
Kleiderschrank,
der in ein
Zauberreich führt

KREISE EIN, WAS DU GERNE ISST

STREICHE DURCH, WAS DU NICHT MAGST

Dein Lieblingsessen ist nicht dabei? Dann male es hier hin.

JEMAND ZUHAUSE?

Wer wohnt sonst noch bei dir?
Zeichne deine Mitbewohner.

Haustierecke

SCHWESTERHERZ

Wenn du Geschwister hast, kreuze an, ob du folgende Situationen schon einmal erlebt hast.

		JA	NEIN
	Sie haben etwas falsch gemacht und meinen Eltern erzählt, dass ich es war.	☐	☐
	Sie haben mir nervige Spitznamen gegeben.	☐	☐
	Sie haben mir Chips oder Süßigkeiten geklaut.	☐	☐
	Sie haben in meinem Zimmer die Wände vollgekritzelt oder auf meinen Arm gemalt.	☐	☐
	Sie haben versucht, meine Sachen im Internet zu verticken.	☐	☐

Wusstest du, dass sich Geschwister (im Durchschnitt) drei- bis viermal PRO STUNDE streiten?

MEINE MUTTER

(Du kannst „Mutter“ auch durchstreichen und Oma, Tante oder eine andere Person eintragen.)

Name: ______________________________

Alter: ______________________________

Haarfarbe: ☐

Augenfarbe: ☐

Male die Farbe ins Kästchen.

Male ein Bild von ihr.

Lieblings-fernsehsendung

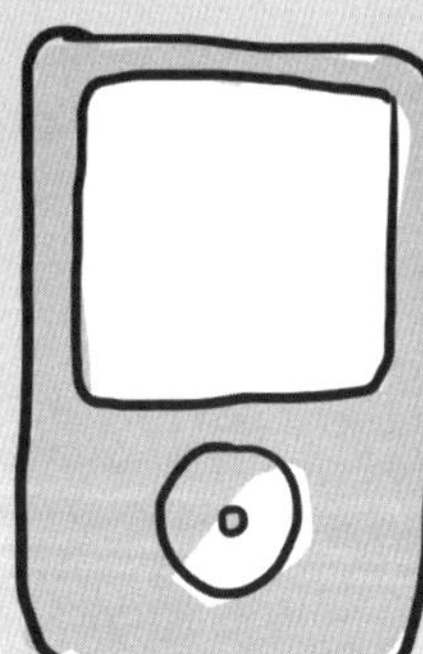

Lieblings-popstar (Schreibe den Namen hin oder male ein Bild.)

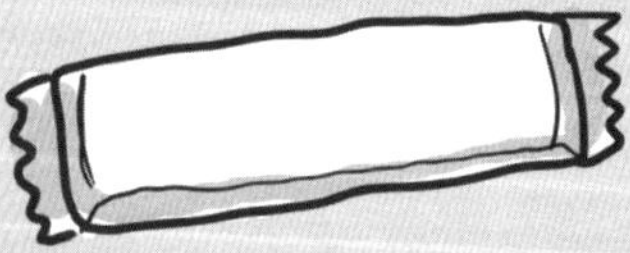

Lieblingsschokoriegel

Schreibe den Beruf deiner Mutter auf die Tasche.

DIE SCHLIMMSTEN MÜTTER DER WELT

Geht dir deine Mutter auf die Nerven? Ich wette, sie ist ein Engel im Vergleich zu diesen Müttern (die es wirklich gibt)!

Eine Mutter aus South Carolina, USA, ließ ihren 12-jährigen Sohn verhaften, weil er seine Weihnachtsgeschenke zu früh ausgepackt hatte.

Stell dir vor, Annalisa Flanagan wäre deine Mutter. Sie hat die lauteste Stimme der Welt! Mit 121 Dezibel ist sie so laut wie ein Düsenjet. STEH SOFORT AUF UND GEH ZUR SCHULE!!!

Die Kinder von Jenny Chapman werden vom lautesten Schnarchen der Welt geplagt. Die 112 Dezibel hört man durch zwei dicke Wände.

Zum Glück bist du kein Hamster. Hamstermütter kriegen im Schnitt neun Junge, aber manchmal FRESSEN sie ein paar davon auf – zum Beispiel, wenn ein Junges laut fiept und damit die ganze Familie in Gefahr bringt.

WIE PEINLICH!

Mütter können einen echt blamieren. Gib dir je 10 PUNKTE für alles, was deine Mutter angestellt hat.

Meinen Freunden Babyfotos von mir gezeigt.

Mir beim Schulwettbewerb einen dicken Kuss gegeben.

Mein Zimmer aufgeräumt, sodass ich nichts wiederfinde.

Meinen Freunden eine peinliche Kindergeschichte über mich erzählt.

Mein Haar so fest gekämmt, dass mir die Tränen kamen.

Mich gefragt, wie ihr eigenes Handy funktioniert.

Mir Klamotten gekauft, die ich nie im Leben anziehen werde.

Mich vor meinen Freunden mit einem Kosenamen angesprochen.

20 Bonuspunkte für:

Auf ein Taschentuch gespuckt und mir damit etwas aus dem Gesicht gewischt.

Jetzt rechne deine Gesamtpunktzahl aus. →

PUNKTE:

0–30 Punkte

Hurra! Deine Mutter ist cool!

40–70 Punkte

Deine Mutter ist ziemlich peinlich. Aber noch schlimmer wäre es, wenn sie genauso peinlich wäre wie dein **VATER.**

80–100 Punkte

NEEEIN! Sobald deine Mutter etwas tut, würdest du dich am liebsten **IN LUFT AUFLÖSEN.**

NICHT VERGESSEN

Du kannst dich jederzeit rächen,
indem du im Gegenzug deine Mutter blamierst.
Übe dazu einen der Supertricks
auf Seite 42.

KEINE HAUSARBEIT MEHR!

Wenn dich deine Eltern das nächste Mal bitten, im Haushalt mitzuhelfen, zeige ihnen einfach diese Preisliste.

AUFGABE	PREIS
 Abwaschen/Spülmaschine einräumen	€ ________
 Rasen mähen	€ ________
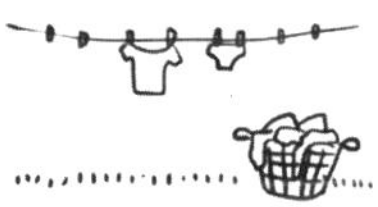 Wäsche aufhängen	€ ________
 Auto waschen	€ ________
 Geschwister wickeln	€ ________
	€ ________

Platz für deine eigene Ergänzung

Mach das hier besonders teuer!

VOLLE TASCHE

Jeder weiß, dass Mamas Handtasche praktisch das Gleiche ist wie die Zaubertasche von Mary Poppins. Was hat sie darin verstaut? Zeichne alles, was du vermutest, hier hinein.

Hier sind ein paar Vorschläge.

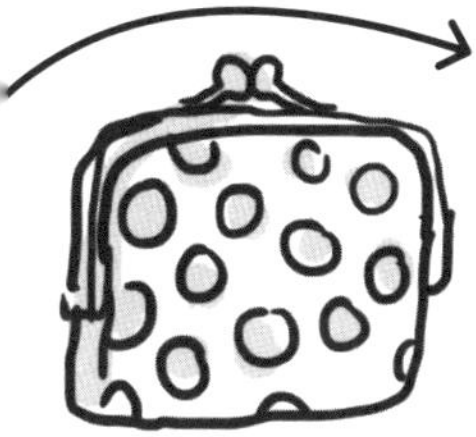

Geldbeutel

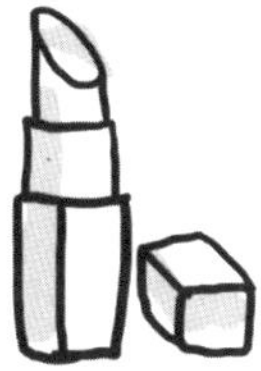

Lippenstift

Taschentücher

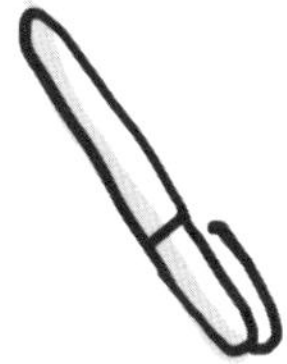

Stift

Hündchen

Heftpflaster

Handy

Schokoriegel

Handspiegel

Flusen

Buch

Knirps

Haarbürste

Tagebuch

Sonnenbrille

Taschenalbum mit Babyfotos von dir

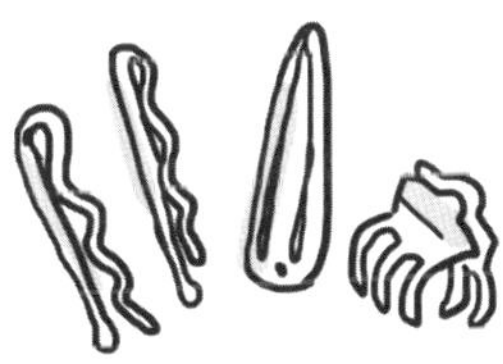

Haarspangen

Visitenkarte

Handschuhe

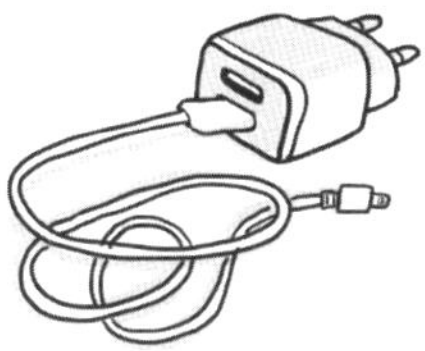

Ladekabel

Nähzeug

Büchereiausweis

Schlüssel

Briefmarken

SCHWERGEWICHTE

Mütter haben mitunter tonnenschwere Handtaschen.
Stell die Tasche deiner Mutter auf die Badezimmerwaage.

Die Handtasche meiner Mutter wiegt

________________.

Das ist mehr als

____

und

________________.

Hier sind ein paar Vergleichsgrößen.

Rennmaus 40 g

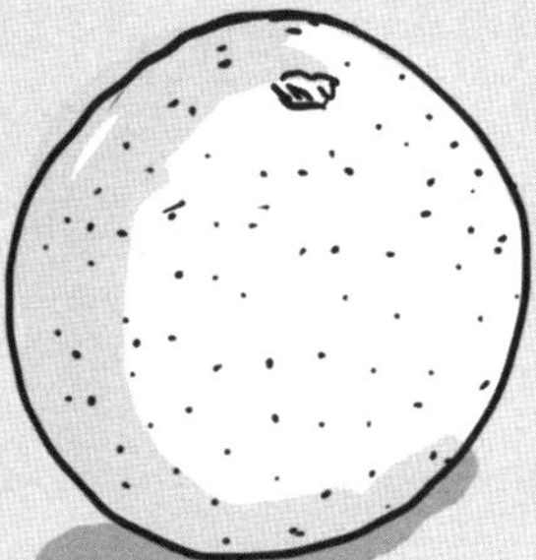

Grapefruit 130 g

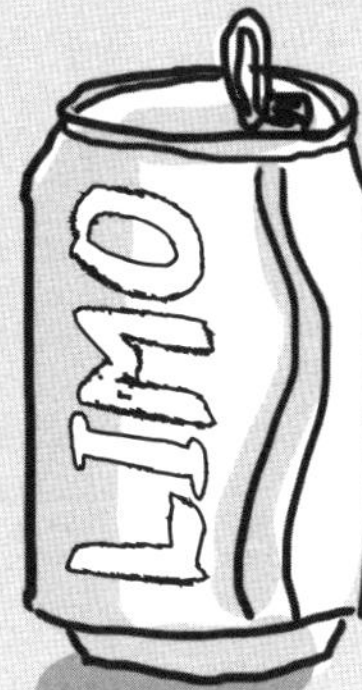

Limodose 366 g

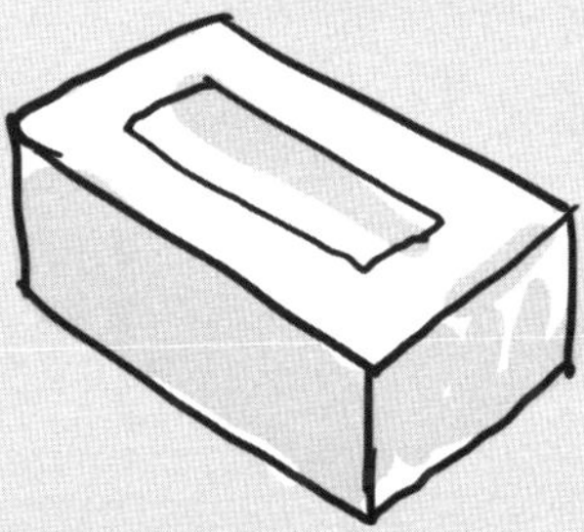

Ziegelstein 2500 g

Neugeborenes 3400 g

Bowlingkugel 5000 g

Elefantenbaby 91 000 g

DESIGNERUNTERHOSEN

Entwirf eine Unterhose, die dir Glück bringt.

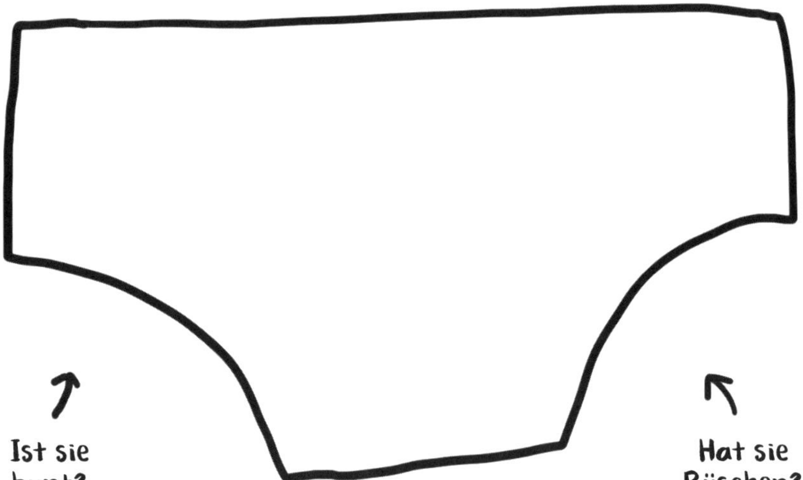

Ist sie bunt?

Hat sie Rüschen?

Male lauter Dinge drauf, die du gerne magst.

LINKS RECHTS LINKS RECHTS

Wie gut kannst du mit deiner ANDEREN Hand schreiben? Bist du am Ende BEIDHÄNDIG?

	LINKE HAND	RECHTE HAND
Schreibe deinen Namen	______________	______________
Schreibe deine Adresse	______________	______________
	______________	______________
	______________	______________
Name deines/deiner BFF	______________	______________
	______________	______________
	______________	______________
Namen deiner Haustiere	______________	______________
	______________	______________
	______________	______________
Titel deines Lieblingssongs	______________	______________

WIE ALT BIN ICH?

Im **AUGENBLICK** bin ich ...

______ Jahre

______ Monate

______ Wochen

______ Tage

______ Stunden

______ Minuten

und ______ Sekunden **ALT.**

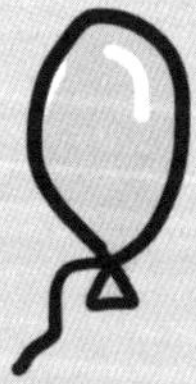

In **HUNDEJAHREN** bin ich ____ Jahre alt.
(Multipliziere dein Alter mit **SIEBEN**.)

In **MEERSCHWEINCHENJAHREN** bin ich ____ Jahre alt.
(Multipliziere dein Alter mit **SIEBZEHN**.)

In **MÄUSEJAHREN** bin ich ____ Jahre alt.
(Multipliziere dein Alter mit **VIERZIG**.)

In **AMSELJAHREN** bin ich ____ Jahre alt.
(Multipliziere dein Alter mit **SIEBZIG**.)

In **ELEFANTENJAHREN** bin ich ____ Jahre alt.
(Multipliziere dein Alter mit **EINS**.)

Elefanten leben genauso lange wie wir!

MACH MIT!

Welche der folgenden Turnübungen beherrschst du?*

ROLLE VORWÄRTS Schwierigkeitsgrad: Leicht

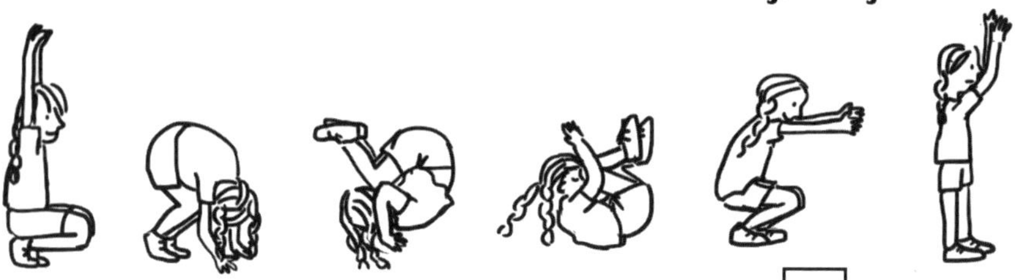

☐ Kann ich!

ROLLE RÜCKWÄRTS Schwierigkeitsgrad: Leicht

☐ Geschafft!

KOPFSTAND Schwierigkeitsgrad: Mittel

☐ Mit links!

* Turne nur dort, wo du dir nicht wehtun kannst und nichts zu Bruch geht. Frage einen Erwachsenen, wenn du Hilfe brauchst!

EIN RAD SCHLAGEN

Schwierigkeitsgrad: Ziemlich schwer

☐ Kann ich!

SPAGAT

Schwierigkeitsgrad: Ziemlich schwer

☐ Geschafft!

RÜCKWÄRTSSALTO

Schwierigkeitsgrad: Sehr schwer

☐ Haken dran!

Kannst du auf deinen Händen laufen?

Wie weit? _____ Meter

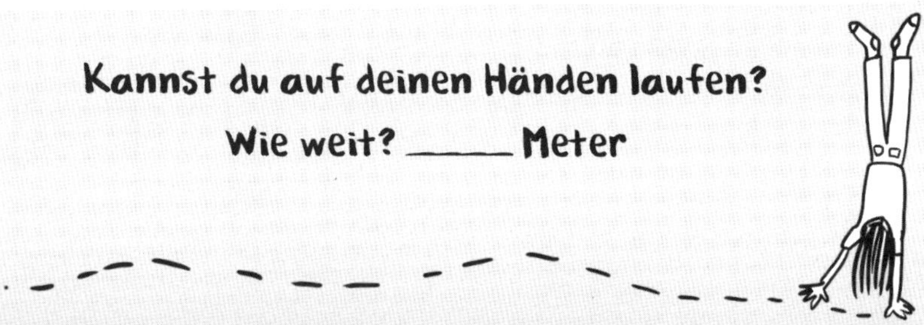

FANTASTISCHE AKROBATEN

1. Sarah Chapman aus Glastonbury, England, lief 5 Kilometer weit auf Händen. Sie brauchte dafür 8 Stunden. (2002)

2. Ziyi Zhang gelangen in einer Minute 36 Rückwärtssaltos. (2012)

3. Abhinandan Sadalge, ein 9-jähriger Junge aus Indien, schlug 1321-mal hintereinander ein Rad. Er brauchte dafür 37 Minuten und 53 Sekunden. (2010)

4. Zlata ist die biegsamste Frau der Welt. Sie kann sich in eine 50 Quadratzentimeter große Kiste zwängen.

PAPIER IST GEDULDIG

Vergiss nicht, die Rückseite zu lesen, bevor du die Seite herausreißt!

Reiße diese Seite heraus und versuche sie **SIEBENMAL** zu falten.

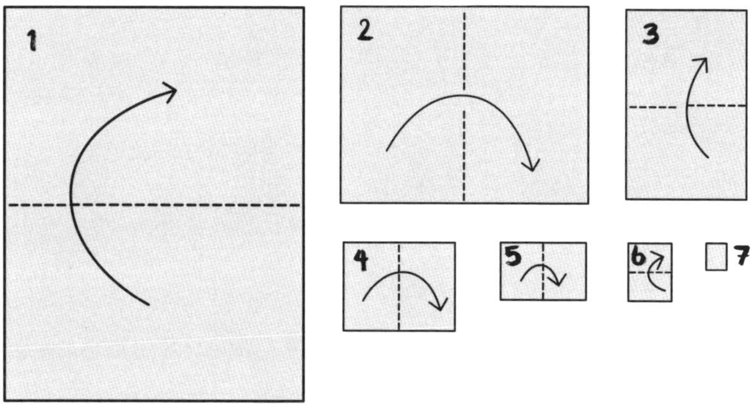

Bis 2002 ging man davon aus, Papier könne höchstens **SIEBENMAL** gefaltet werden, aber ...

2002 faltete Britney Gallivan eine Rolle Toilettenpapier zwölfmal.

Studenten der St. Mark's School in Southborough, Massachusetts (USA), gelangen 2012 dreizehn Faltungen.

SUPERTRICKS

Vergiss Akrobatik!
Diese Kunststücke hier sind viel cooler ...

DER UNTERARM-FURZ — Schwierigkeitsgrad: Mittel

☐ Kann ich!

DAS ALPHABET RÜLPSEN — Schwierigkeitsgrad: Schwer

☐ Geschafft!

EINEN LÖFFEL AUF DER NASE BALANCIEREN — Schwierigkeitsgrad: Mittel

☐ Mit links!

Außerdem kann ich:

Kreuze an, wenn du folgende Tricks beherrschst.

Mit den Fingern schnippen ☐

Schielen ☐

Auf den Fingern pfeifen ☐

Kaugummiblasen machen, die so groß sind wie mein Gesicht ☐

Den vulkanischen Gruß ☐

Eine Augenbraue hochziehen ☐

MEINE MILCHZÄHNE

Male alle deine Wackelzähne GRAU aus. Wenn dir schon welche ausgefallen sind, male sie SCHWARZ an.

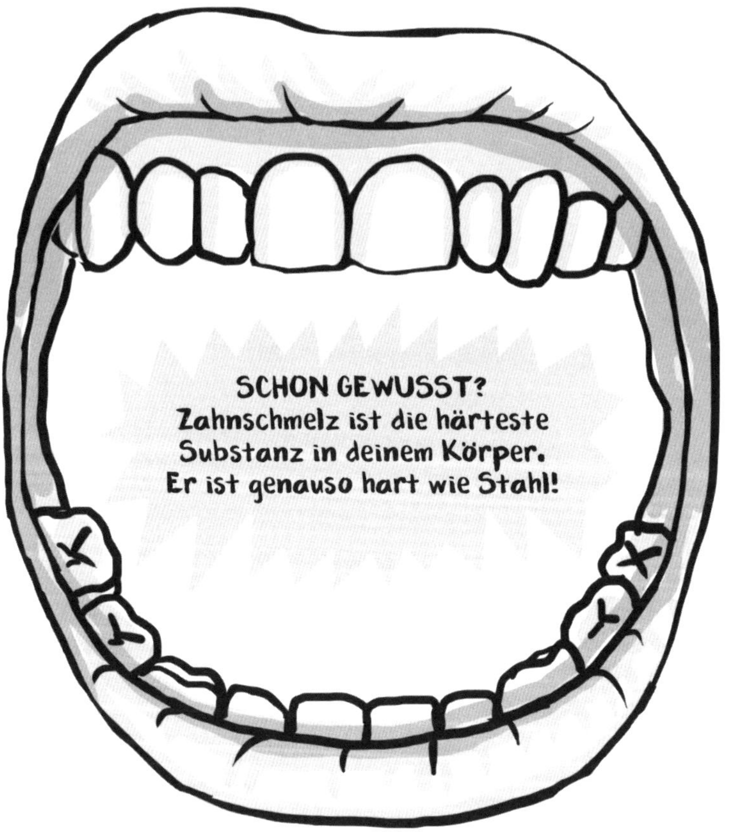

Anzahl deiner bleibenden Zähne:

Führe eine Strichliste, die du ergänzen kannst.

(So sieht eine Strichliste aus.)

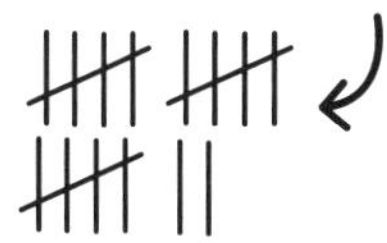

Du wirst zwischen 28 und 32 bleibende Zähne bekommen.

TAUSCHHANDEL

Male hier deinen ersten ausgefallenen Milchzahn und was du im Austausch dafür von der Zahnfee bekommen hast.

DIE BEISSERLIGA

Wie stehst du im Vergleich zu deinen tierischen Freunden da?

Ein Narwal hat 2 Zähne.

Du hast bis zu 32 Zähne.

Eine Schnecke hat etwa 14000 Zähne.

Ein Delfin bekommt nur einmal im Leben Zähne.

Du bekommst zweimal im Leben Zähne: Milchzähne und bleibende.

Ein Hai bekommt alle zwei Wochen neue Zähne und wechselt im Leben HUNDERTE Male das Gebiss.

Zeichne hier ein Monster mit dem furchterregendsten Gebiss der Welt!

Ein Nutria
hat orange Zähne.

Du hast
weiße Zähne.

Seeotter haben
oft lila Zähne.

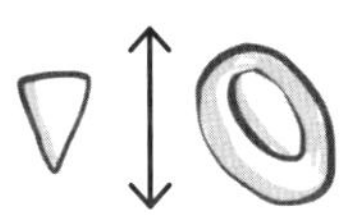

Die Zähne einer
Bettwanze sind nur
wenige Mikrometer
groß.

Dein längster
bleibender Zahn wird
etwa 2,5 Zentimeter
groß.

Ein Walrosszahn
wird bis zu 1 Meter
lang.

BEISSE in diese Ecke
(dazu benutzt du deine **SCHNEIDEZÄHNE**).
REISSE sie heraus
(dazu benutzt du deine **ECKZÄHNE**).
KAUE sie
(dazu benutzt du deine **BACKENZÄHNE**).
Aber schluck sie nicht herunter
(Papier wird vom menschlichen Körper nicht verdaut).

VERRÜCKT NACH EISCREME?

Male die Eiskugeln so aus, dass sie aussehen wie deine Lieblingssorten.

Gib Streusel obendrauf, Soße oder mehr!

Wurde die Waffel in Schokolade getaucht?

Für uns ungewohnte, aber **ECHTE** Eissorten sind **CURRY, SPECK, TINTENFISCH** und **ZIKADE** (ein Insekt).

Um eine Kugel
aufzuessen,
muss man im Schnitt
50-mal lecken.

KANNST DU DAS UNTERBIETEN?

Ich kann eine Kugel

mit _____-mal
Lecken vertilgen.

Hast du schon mal so
schnell ein Eis gegessen,
dass du HIRNFROST
gekriegt hast?

JA ☐ NEIN ☐

Hast du schon mal
so lange in einem
Eisbecher gerührt,
bis das Eis flüssig
wurde und du es
wie SUPPE gelöf-
felt hast?

JA ☐

NEIN ☐

2015 verdrückte
Matt Stonie
12 Eisbecher
in 36 Minuten.

1988 kreierten
zwei amerikanische Köche
den größten Eisbecher der Welt.
Er wog 25 Tonnen.

1 Eisbecher = 4 Elefanten

WIE KITZELIG BIST DU?

Kreuze an oder male das Kästchen aus.

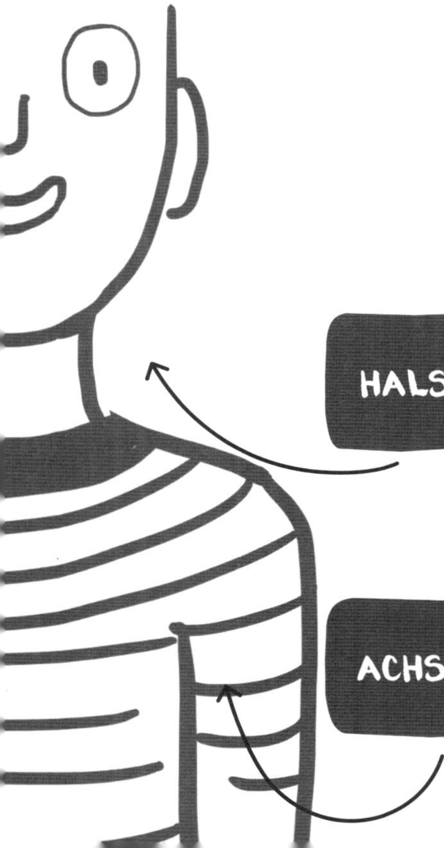

	GAR NICHT	EIN BISSCHEN	SEHR	SO SEHR, DASS ES WEHTUT
HALS	☐	☐	☐	☐
ACHSELN	☐	☐	☐	☐

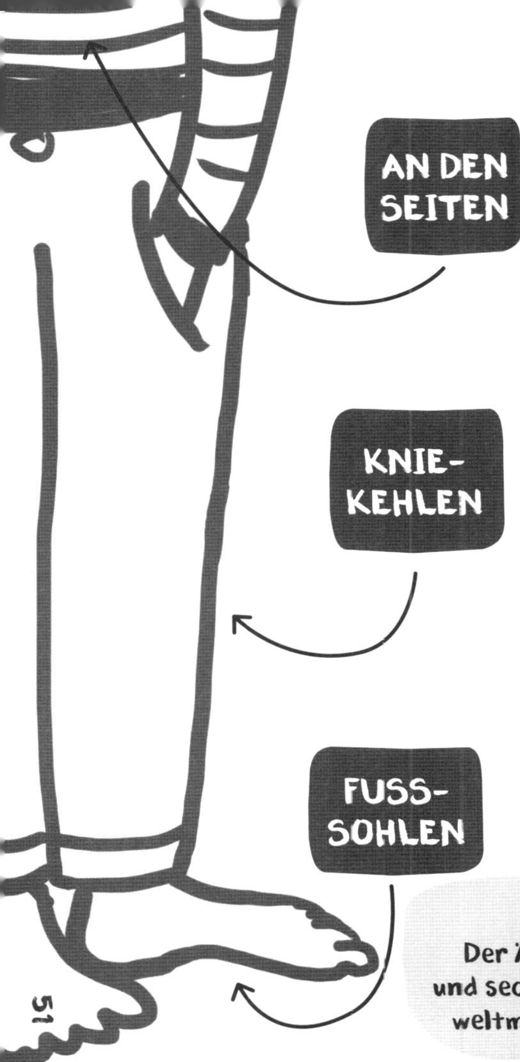

SCHON GEWUSST?

Der Äthiopier Belachew Girma hat einmal drei Stunden und sechs Minuten am Stück gelacht und wurde damit Lachweltmeister. Wie lang dauerte dein längster Lachanfall?

MEIN BADEZIMMER

Putzt du dich gern heraus?

Welche Farbe hat deine Zahnbürste? Male sie aus!

Baden oder duschen?

Ich __________________ lieber.

Ich putze mir

____ mal täglich die Zähne.

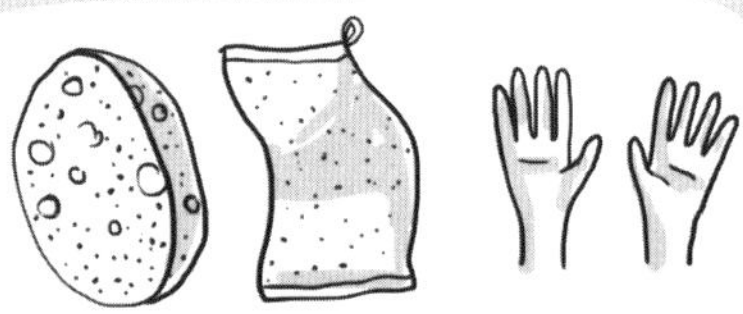

Schwamm, Waschlappen oder Hände? (Bitte einkringeln.)

Schaumbad

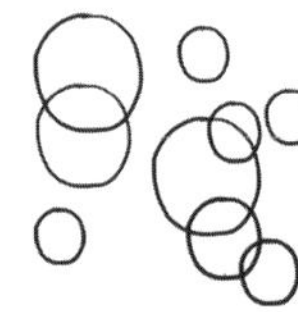

☐ JA ☐ NEIN

Hast du ein persönliches Handtuch?

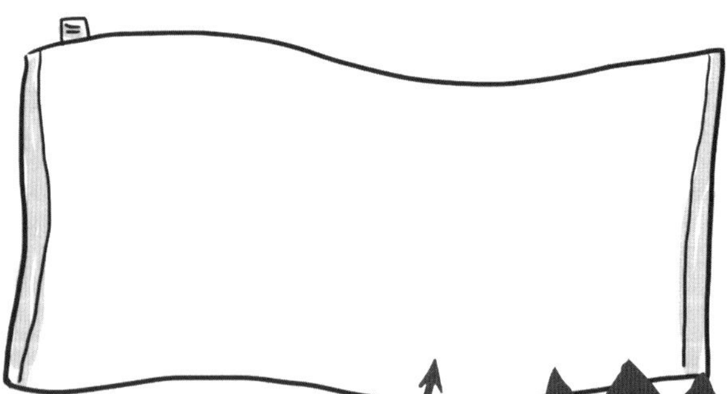

Zeige uns, wie es aussieht.

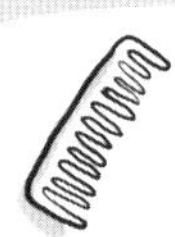

Kamm ☐

Bürste ☐

Weder noch ☐

Fülle die nächste Seite in SPIEGELSCHRIFT aus! Prüfe das Ergebnis im Spiegel ...

MEIN BADEZIMMER

Putzt du dich gern heraus?

Baden oder duschen?

Ich ______________ lieber.

Welche Farbe hat deine Zahnbürste? Male sie aus!

Ich putze mir

____ mal täglich die Zähne.

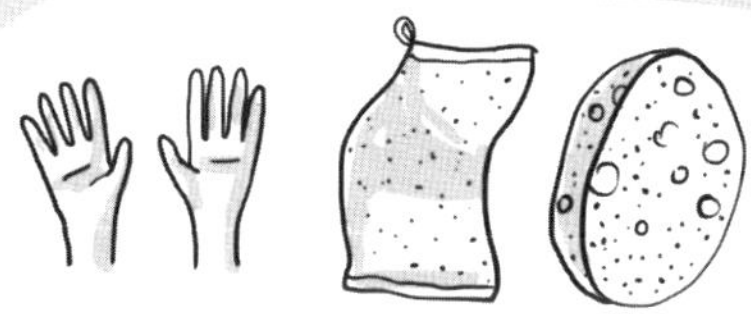

Schwamm, Waschlappen oder Hände? (Bitte einkringeln).

Schaumbad.

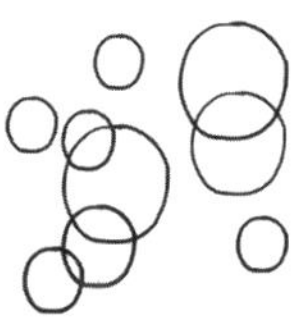

☐ JA ☐ NEIN

Hast du ein persönliches Handtuch?

Zeige uns, wie es aussieht.

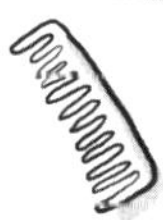

Kamm ☐

Bürste ☐

Weder noch ☐

Fülle die nächste Seite in SPIEGELSCHRIFT aus! Prüfe das Ergebnis im Spiegel ...

BADEZIMMER-QUIZ

Dieses Quiz verrät dir, wie gut du dich in der Geschichte der **KÖRPERPFLEGE** auskennst.

1. Wie häufig haben die Menschen vor 300 Jahren gebadet?
   a. Einmal in der Woche
   b. Einmal im Monat
   c. Zweimal im Jahr

2. Was verwendeten die alten Ägypter anstelle einer Zahnbürste?
   a. Einen Zweig
   b. Den Fingerknochen einer Mumie
   c. Das Kinn eines Freundes

3. Woraus bestand die Zahnpasta der alten Ägypter?
   a. Rinderhufe, Eierschale und Myrrhe
   b. Kamelschwanzhaar und Schlamm aus dem Nil
   c. Kartoffelbrei und Sand

4. Womit haben sich die Menschen vor der Erfindung des Klopapiers den Po abgewischt?
   a. Maiskolben
   b. Einem aufgespießten Schwamm
   c. Muscheln
   d. Alle Antworten sind richtig.

5. Woraus bestanden die ersten Shampoos in Indonesien?
   a. Vanillesoße
   b. Kuhfladen und Baumrinde
   c. Reiskörner, Wasser und Stroh

Vergleiche deine Antworten mit den Lösungen unten und errechne deine Punktzahl ...

PUNKTE

0–1 Eher eine kalte Dusche!

2–3 Sauber!

4–5 Du bist mit allen Wassern gewaschen!

Antworten: 1c Zweimal im Jahr. Man nahm (fälschlicherweise) an, dass durch Baden Krankheiten verbreitet würden. 2a Einen Zweig. (Aua!) 3a Rinderhufe, Eierschale und Myrrhe. 4d Alle Antworten sind richtig! In Amerika hängte man im 18. Jahrhundert einen Maiskolben neben die Toilette. In kälteren Gegenden benutzte man Muschelschalen. Die alten Römer benutzten auf öffentlichen Toiletten alle denselben, an einem Stock befestigten Schwamm. 5c Reiskörner, Wasser und Stroh.

WIE WÄRE ES MIT EINEM SCHWANZ?

Wenn du einen Schwanz haben könntest, welcher wäre dir am liebsten? Wie das aussehen würde, kannst du auf der gegenüberliegenden Seite ausprobieren ...

	HUND	Gut zum Wedeln, wenn du glücklich bist.

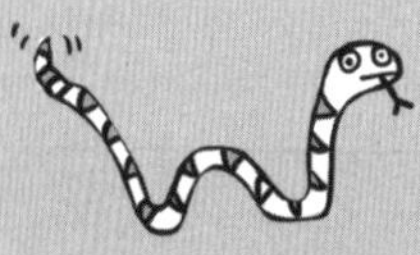

	KLAPPERSCHLANGE	Klappere damit, um Leute abzuschrecken. Auch sehr praktisch, wenn du in einer Band spielst.

	STEGOSAURUS	Hau jedem Verfolger die Stacheln um die Ohren!

	AFFE	Daran kannst du dich prima von Ästen herunterbaumeln lassen.

	EIDECHSE	Wenn ihn jemand packt, fällt er ab und es wächst ein neuer nach.

Kennst du noch andere coole Tierschwänze?

RUTSCHE INS GLÜCK

Hast du schon alle Arten ausprobiert, eine Rutsche hinunterzurutschen? Wie rutschst du am liebsten?

Aufrecht sitzend

Im Liegen

Bäuchlings

Mit einem Freund

Mit den Füßen voran

Zeichne deine Methode

Die beste Rutsche der Welt ist in:

____

Hier kannst du deinen idealen Spielplatz entwerfen. Unten findest du einige Spielgeräte.

Rutsche

Schaukel

Karussell

Klettergerüst

Seilbrücke

Reifenschaukel

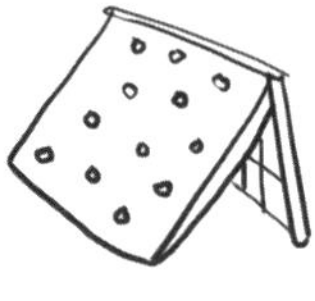

Kletterwand

Trampolin

Affenschaukel

Wippe

Oder kombiniere sie zu einem EINZIGARTIGEN SPIELGERÄT!

MEIN VATER

(Du kannst „VATER“ auch durchstreichen und Opa, Bruder oder eine andere Person eintragen!)

Name:

____

Geburtsdatum:

____

Haarfarbe:

____

Augenfarbe:

____

Male ein Bild von ihm.

Male, welchen Sport er am liebsten mag.

Male sein Lieblingsessen.

Welches ist sein Lieblingsfilm?

WIE VIELE HAARE HAT DEIN VATER?

- ☐ GLATT WIE EIN BABYPOPO
- ☐ LEICHT BEHAART
- ☐ ZIEMLICH BEHAART
- ☐ EIN WANDELN-DER TEPPICH
- ☐ CHEWBACCA
- ☐ DER ZOTTEL-HAARIGE YETI

WIE VIELE FUSSELN HAT ER IM BAUCHNABEL?

- ☐ Ein paar
- ☐ Viele
- ☐ Genug für einen Strickpulli

SCHON GEWUSST?

Der Australier Graham Barker hält mit seiner Bauchnabelfusselsammlung einen Weltrekord.

Inzwischen hat er vier Einmachgläser voll davon (insgesamt 20 g).

VATER-FAKT

Der Mongolenherrscher Dschingis Khan soll Vater von ungefähr 2000 Kindern gewesen sein.

FLACHWITZE

Zeichne eine Nadel in den Witz-o-mat, die anzeigt, wie schlecht die Witze deines Vaters sind.

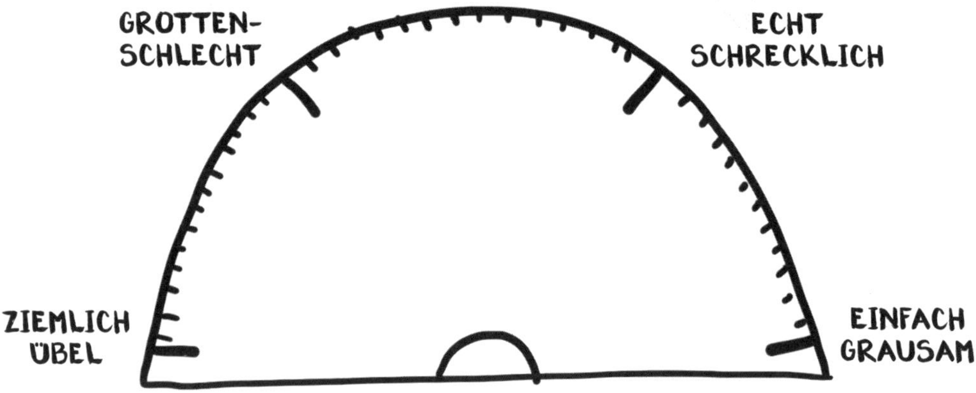

Schreibe den schlimmsten Witz deines Vaters hier auf:

____

____

____

____

____

Gegenüber findest du ein paar Kandidaten.

5 FLACHWITZE DER ÜBELSTEN SORTE

F: Welches sind die teuersten Tomaten?
A: Geldautomaten

Zwei Kannibalen fressen einen Clown. Sagt der eine zum anderen: „Findest du nicht auch, dass der komisch schmeckt?"

F: Wie heißt der Zwillingsbruder von Elvis?
A: Zwölvis.

F: Wie nennt man einen Bären, der auf einer Kugel sitzt und schreit?
A: Kugelschreibär

F: Was ist schwarzweiß und rührt sich nicht vom Fleck?
A: Ein Klebra!

BIG DADDY?

Ist dein Vater größer oder kleiner als diese berühmten Männer?

Danny De Vito (Schauspieler) 152 cm

Napoleon Bonaparte (Kaiser der Franzosen) 168,5 cm

Robert Downey Jr (Iron Man) 174 cm

Zeichne hier deinen Vater hin.

Andere große Berühmtheiten sind Liam Neeson (193 cm) – er spielte Qui-Gon Jinn in „Star Wars – Episode 1“ und Christoper Lee (196 cm) – er war Saruman in „Herr der Ringe“.

Mein Vater ist ______________ cm groß.

Johnny Depp (Captain Jack Sparrow) 178 cm

König Tutanchamun (ägyptischer Pharao) 180 cm

Elvis Presley (Sänger) 182 cm

Manuel Neuer (Fußballtorwart) 193 cm

Mein Vater ist ungefähr so groß wie

______________________________.

PAPA, DER TANZBÄR

Welche Art Tänzer ist dein Vater? Kreuze an oder ergänze!

☐ Der Twister

Wackelt mit den Hüften und presst die Beine zusammen, als müsse er aufs Klo.

☐ Der Schlurfer

Tritt von einem Fuß auf den anderen, als warte er auf den Bus.

☐ Der Nicker

Bewegt den Kopf vor und zurück. Sonst nichts.

☐ Der Discokönig

Könnte passieren, dass er jemandem ein Auge aussticht.

☐ **Der Rockstar**

Verzieht das Gesicht wie ein Gorilla und spielt Luftgitarre.

☐ **Der Totalausflipper**

Fuchtelt mit Armen und Beinen, als hätte man ihm Elektroschocks verpasst.

Zeichne die Dance Moves deines Vaters!

Den Rekord für den längsten Tanz der Welt hält übrigens eine **MUTTER**, kein Vater. 2010 tanzte Kalamandalan Hemalatha 123 Stunden ununterbrochen durch (mehr als 5 Tage lang).

STELL DEINEN VATER AUF DIE PROBE

**Ist dein Vater ein Quiz-Champion?
Finde heraus, wie er in unserem Vatertest abschneidet.**

1. Welches ist die einzige Tierart, bei der die Männchen die Jungen gebären?

2. Seit wann gibt es den Vatertag? 1910, 1930 oder 1950?

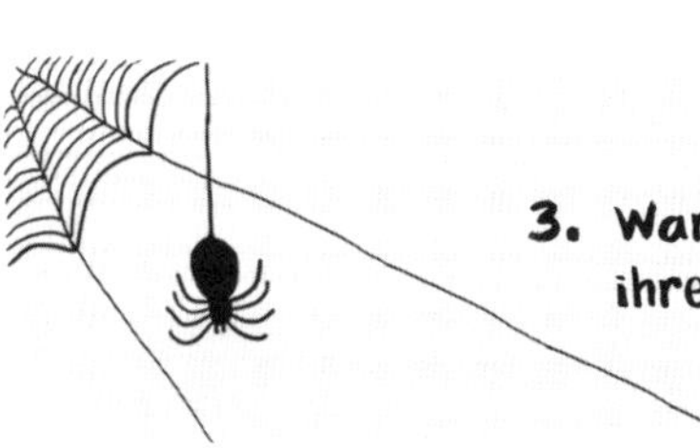

3. Warum lernen Höhlenkreuzspinnen ihren Vater nie kennen?

4. Ramajit Raghav behauptet, der älteste Vater der Welt zu sein. Wie alt war er, als 2012 sein zweiter Sohn zur Welt kam?

5. Abgesehen davon, dass sie Kinderbücher schrieben – was haben Lewis Carroll, James Krüss, Janosch und Maurice Sendak gemeinsam?

6. Was ist das beliebteste Vatertagsgeschenk?

ANTWORTEN:

1. Das Seepferdchen
2. 1910
3. Weil das Männchen (meistens) von dem Weibchen gefressen wird.
4. 96 Jahre
5. Keiner von ihnen hatte selbst Kinder.
6. Ein Schlips

Ergebnis: __________ von 6

0–1 Verpeilter Vater

2–4 Durchschnittlicher Vater

5–6 Super Vater

TIERISCH GUT

Male die Tiere aus, die du magst. Kreise alle Tiere ein, die du halbwegs magst. Streiche alle Tiere durch, die du gar nicht magst!

Platz für alle anderen Tiere, die du magst (oder nicht magst).

ZUM FÜRCHTEN

Jeder hat vor irgendetwas Angst. Schwärze die Felder des Angstmessers, um anzuzeigen, wie sehr du dich vor etwas fürchtest.

KEINE ANGST

ETWAS ANGST

GROSSE ANGST

SPINNEN

SCHLANGEN

HÖHE

HUNDE

KEINE ANGST

ETWAS ANGST

GROSSE ANGST

AUFZÜGE

GEWITTER

FLIEGEN

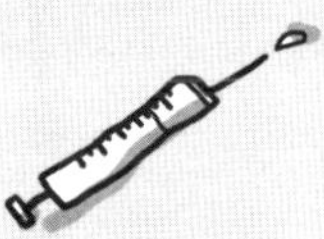

SPRITZEN

HAIE

Ergänze, was dir noch einfällt.

REISEN BILDET

In welchen Ländern bist du schon gewesen?
Male die Flaggen oder schreibe die Namen auf den Koffer.

Füge bei Bedarf weitere Aufkleber hinzu.

Meine schönsten Ferien verlebte ich in

____

____

Mit dabei waren auch

____

____

____

____

Ich war _____ Tage dort.

Male ein Bild in den Fotorahmen, auf dem man sieht, wo du hingefahren bist oder was du dort gemacht hast.

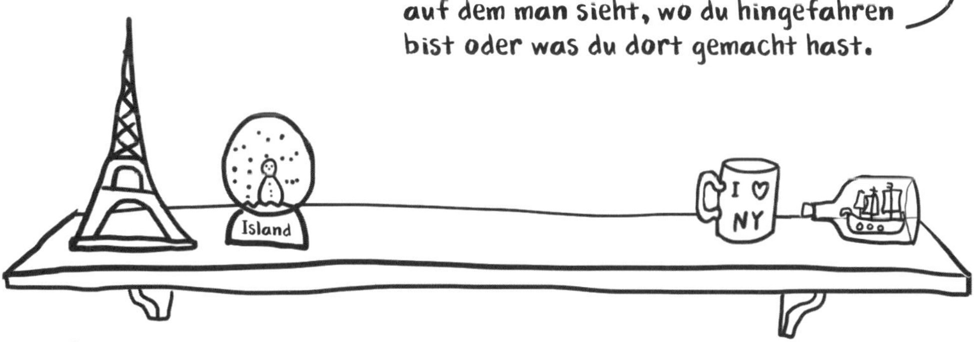

Zeichne ein paar Urlaubsandenken auf das Regal.

TRAUMURLAUB

Welche Länder oder Orte möchtest du irgendwann besuchen?

Notiere deine TOP DREI:

1. ______________________________
2. ______________________________
3. ______________________________

Und was würdest du dort tun? Kreise ein.

Am Strand liegen

Sightseeing

Sportarten ausprobieren

Tiere beobachten

Vergnügungsparks besuchen

Skifahren

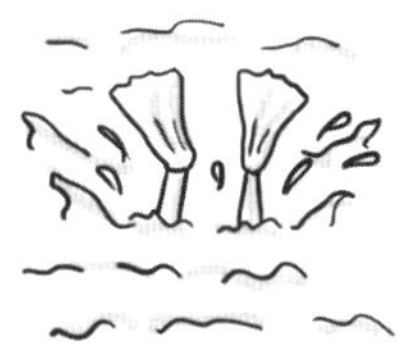

Schwimmen

Schlafen

Dir fallen keine Reiseziele ein? Hier sind einige der meistbesuchten Orte der Welt:

1 Person =
1 Million Besucher

1. Niagarafälle, USA/Kanada – 22,5 Millionen Besucher im Jahr

2. Disneyworld, Orlando, USA – 17,5 Millionen Besucher im Jahr

3. Die Verbotene Stadt, Peking, China – 15,3 Millionen Besucher im Jahr

4. Die Kathedrale Notre-Dame, Paris, Frankreich – 13,7 Millionen Besucher im Jahr

5. Das Opernhaus von Sydney, Australien – 8,2 Millionen Besucher im Jahr

Der am häufigsten besuchte Ort in Deutschland ist der Europapark Rust mit 5,6 Millionen Besuchern im Jahr.

Hast du Lust, einen dieser Orte zu besuchen? Dann male dich zur Schlange dazu!

WELTENBUMMLER

Wer ist der meistgereiste Mensch?

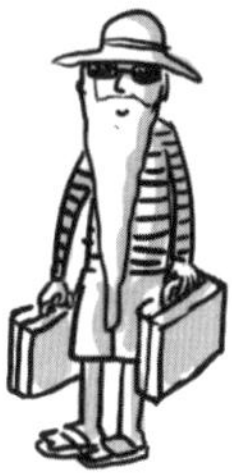

Der Engländer Fred Finn gilt als einer der meistgereisten Menschen der Welt. Er reiste im Laufe seines Lebens mehr als 24 000 Kilometer.

Die Strecke entspricht 30 Flügen zum Mond und wieder zurück.

Mit 37 Jahren hatte der Norweger Gunar Garsfors alle Länder der Welt besucht (das war 2008). Außerdem besuchte er nur an einem einzigen Tag die folgenden 19 Länder.

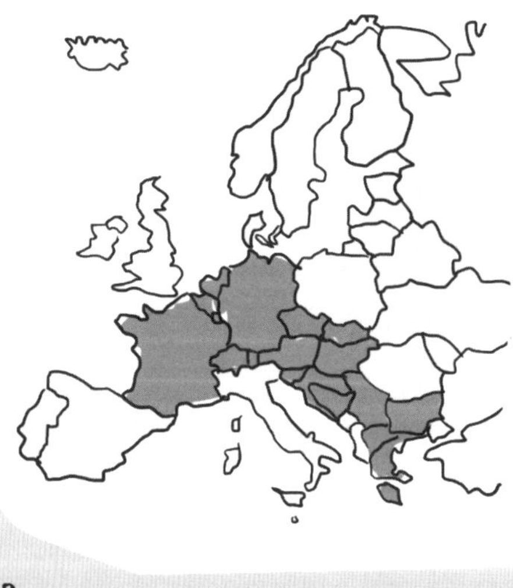

- ☑ Griechenland
- ☑ Bulgarien
- ☑ Kosovo
- ☑ Mazedonien
- ☑ Serbien
- ☑ Bosnien-Herzegowina
- ☑ Kroatien
- ☑ Slowenien
- ☑ Ungarn
- ☑ Tschechien
- ☑ Slowakei
- ☑ Österreich
- ☑ Deutschland
- ☑ Niederlande
- ☑ Belgien
- ☑ Luxemburg
- ☑ Frankreich
- ☑ Schweiz
- ☑ Liechtenstein

MIT FLIEGENDEN FAHNEN

Hurra! Du bist gerade zum Staatsoberhaupt deines Zimmers ernannt worden. Entwirf eine Flagge.

Die Flagge von Nepal ist die einzige mit mehr als vier Ecken.

Auf der Flagge von Benin war früher ein Mann zu sehen, der seinem Feind den Kopf abschlägt.

Bhutan

Wales

Zwei Länder haben Drachen auf ihrer Flagge. Wir können uns nicht entscheiden, welcher cooler ist. Was meinst du?

UNGEWÖHNLICHE REISEZIELE

Bewerte diese **ECHTEN** Touristenattraktionen nach dem Grad ihrer Merkwürdigkeit mit 1–5 Punkten.

1 = nicht besonders merkwürdig
2 = ein bisschen sonderbar
3 = ziemlich schräg
4 = sehr seltsam
5 = völlig durchgeknallt

MERKWÜRDIGKEITSGRAD

1. **KARNI-MATA-TEMPEL, INDIEN**
In diesem Tempel leben um die 20 000 Ratten. Der Legende nach sind es heilige Tiere.

2. **EISHOTEL, SCHWEDEN**
Fast alles in diesem Hotel besteht aus Eis: die Wände, die Betten, sogar die Gläser im Restaurant. Zum Glück sind wenigstens die Bettlaken aus Wolle.

3. **KAUGUMMI-ALLEE, USA**
21 Meter lange Gasse, entlang der Millionen gekauter Kaugummis an den Hauswänden kleben.

MERK-
WÜRDIGKEITS-
GRAD

4. CARHENGE, USA,
ähnelt dem Steinkreis von Stonehenge, besteht aber aus Autos.

5. GNOME RESERVE, GROSSBRITANNIEN
In diesem riesigen Blumengarten stehen über 1000 Gartenzwerge. Besucher werden gebeten, ebenfalls Zipfelmützen zu tragen.

6. THE COCKROACH HALL OF FAME, USA
Hunderte toter Küchenschaben, die als Prominente oder berühmte historische Figuren in Szene gesetzt sind.

7. ABWASSERMUSEUM, PARIS
Hast du Lust, Kanäle voller Fäkalien einmal aus der Nähe zu sehen? Dann bist du hier genau richtig.

PACK DEINEN KOFFER

Kreise alles ein, was du mit in die Ferien nehmen möchtest. Oder zeichne es gleich in den Koffer.

Male dein Reisegepäck direkt in den Koffer.
Dieser Koffer gehört

REISEQUIZ

Die Lösungen für alle diese Fragen sind Formen.

Zeichne hier die Form auf. ↓

1. In einem Gebiet im Atlantischen Ozean verschwinden auf geheimnisvolle Weise immer wieder Schiffe. Man nennt es das Bermuda-__________.

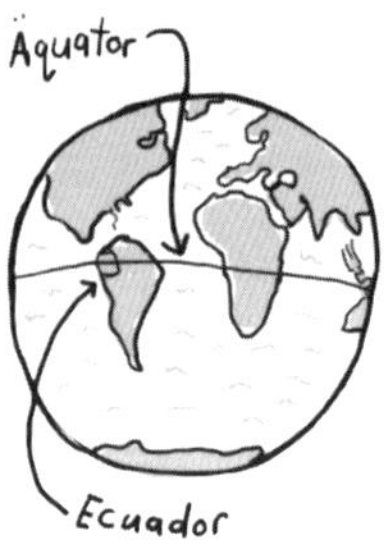

2. Ecuador wurde nach der Äquator______ benannt, die durch das Staatsgebiet verläuft.

3. Der Polar______ zieht sich durch acht verschiedene Länder, darunter Russland, Grönland und Kanada.

Zeichne hier die Form auf. ↓

4. Das Hauptquartier des amerikanischen Verteidigungsministeriums heißt Pentagon. Das ist ein ________.

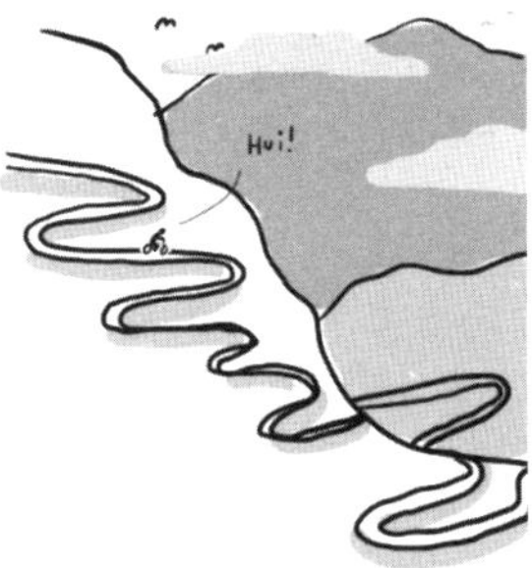

5. Die Passstraßen in den Alpen sind als ________________ mit vielen Kehren angelegt.

6. Das Büro des amerikanischen Präsidenten nennt man auch __________ Office.

7. In Los Angeles gibt es den Hollywood Walk of Fame. Berühmte Schauspieler bekommen dort einen _______ auf dem Bürgersteig.

Antworten: 1. Dreieck, 2. Linie, 3. Kreis, 4. Fünfeck, 5. Serpentinen, 6. Oval, 7. Stern

4. Von den 25 giftigsten Schlangen der Welt leben 20 in Australien. Die gefährlichste ist der Inlandtaipan, der mit einem Biss genug Gift produziert, um 100 Menschen zu töten.

5. Ein Tier, das es nur in Australien gibt, ist der Wombat, der würfelförmige Häufchen macht.

6. In Australien gibt es mehr Kängurus als Menschen. Kängurus können nicht rückwärtsgehen (oder springen).

7. Einmal hat ein Australier versucht, das Nachbarland Neuseeland im Internet zu verkaufen.

Platz für Dinge, die du über Australien weißt:

AUSTRALIEN – WO DIE WELT AUF DEM KOPF STEHT

Einige spannende Fakten über das andere Ende der Welt

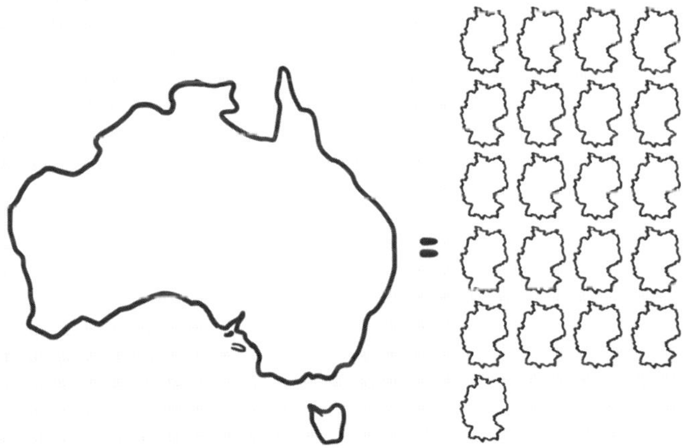

1. Australien liegt als einziger Kontinent komplett auf der Südhalbkugel der Erde. Es ist etwa 21-mal so groß wie Deutschland.

2. Die beiden größten Städte sind Sydney und Melbourne. Beide wollten unbedingt Hauptstadt werden, deshalb baute man eine neue Stadt, Canberra, die dann Hauptstadt wurde.

3. „Im Norden ist sie nie zu sehen" heißt es bei uns. In Australien ist das anders. Dort steht die Sonne mittags nicht im Süden, sondern im Norden.

IMMER IN BEWEGUNG BLEIBEN!

Male Menschen in oder auf alle Fortbewegungsmittel, die du selbst schon einmal benutzt hast. Du kannst auch Bewegungslinien und Abgase hinzufügen.

ETWA SO:

Haben wir eins vergessen? Dann male es hier hin.

SÜSSE TRÄUME

Fülle diese Bonbongläser mit deinen Lieblingssüßigkeiten und schreibe ihre Namen auf die Etiketten.

Schokoriegel, Bonbons oder Kaugummis – du hast die Wahl!

Sind diese süßen Fakten RICHTIG oder FALSCH?

Hier geht's zu den Antworten!

1. Heruntergeschluckter Kaugummi bleibt drei Jahre im Magen.

2. Wenn du einen Zahn über Nacht in Cola legst, zersetzt er sich.

3. 2001 wurde im Auktionshaus Christie's ein 100 Jahre alter Schokoriegel versteigert.

4. Zuckerwatte wurde von einem Zahnarzt erfunden.

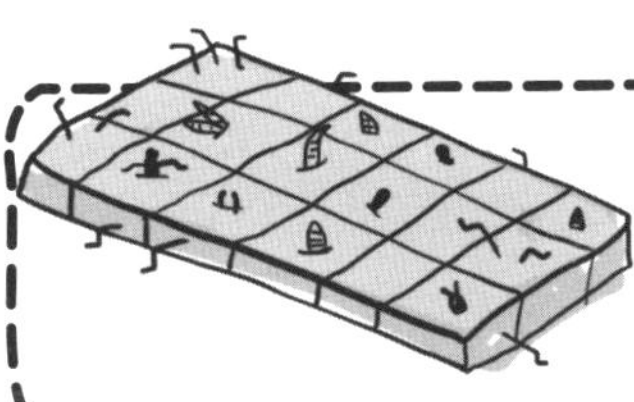

5. In einer Tafel Schokolade befinden sich bis zu 60 Insektenpartikel.

Was war die längste Zeit, die du je zum Lutschen eines Bonbons gebraucht hast?

______ Minuten

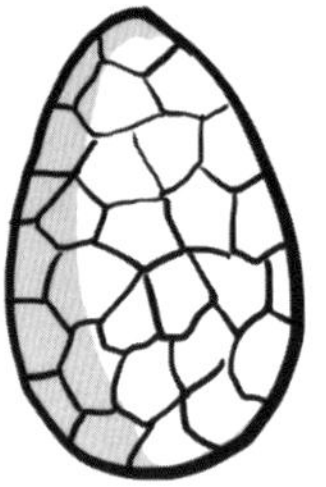

Wie lange haben deine Ostereier im längsten Fall überlebt?

______ Tage

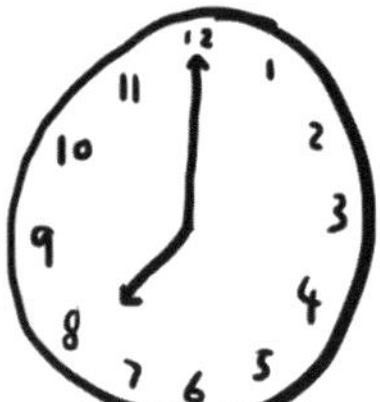

Was war die früheste Tageszeit, zu der du jemals Süßigkeiten essen durftest?

______ Uhr

RICHTIG ODER FALSCH: ANTWORTEN

1. FALSCH – Deine Magensäure kann sogar Stahl zerfressen, da ist Kaugummi kein Problem.
2. FALSCH – Er wird ein bisschen braun, ist aber immer noch ein richtiger Zahn.
3. RICHTIG – Für 749 Euro. Er stammte aus dem Gepäck, das der britische Forscher Robert Scott 1910 mit auf seine Südpolexpedition nahm.
4. RICHTIG – Sie wurde 1897 von dem Zahnarzt William Morrison erfunden.
5. RICHTIG – Zumindest in den USA. Die Menge gilt als ungefährlich für Menschen. Ein höherer Anteil ist VERBOTEN.

SPITZENTORTE

2011 backten drei kanadische Bäckereien eine Torte, die 255 SCHICHTEN hatte.

Kannst du mit deinen dünnsten Filzstiften 255 Schichten in dieses Tortenstück malen?

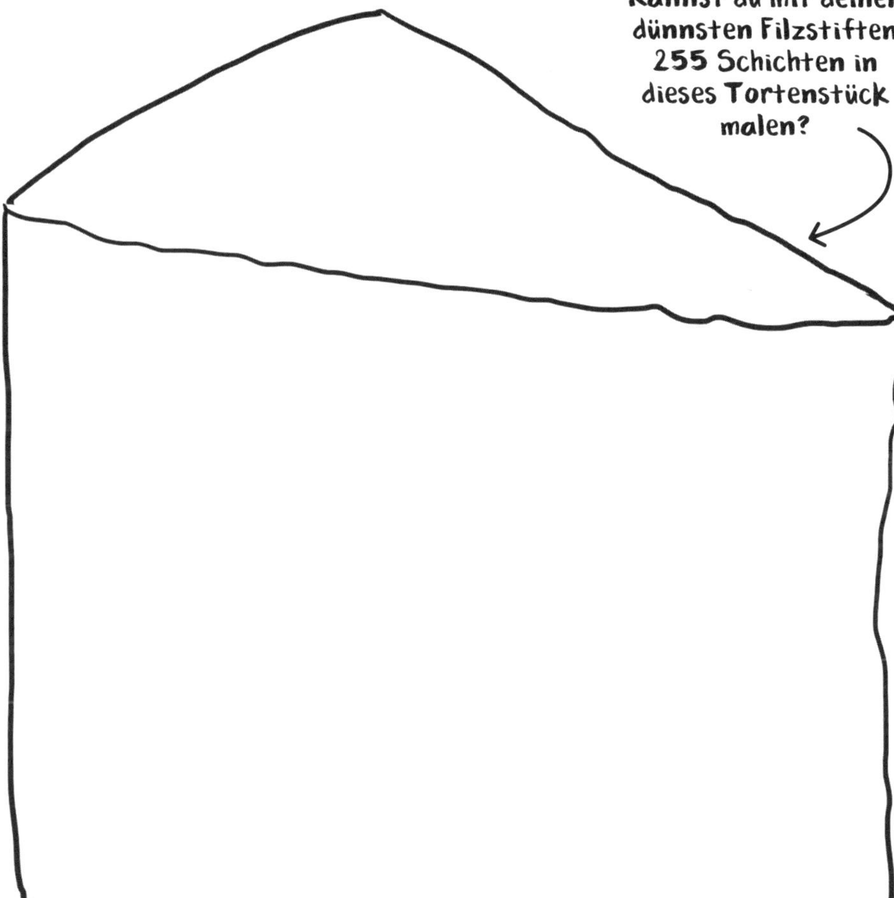

BERÜHMT!

Wofür wärst du gern berühmt, wenn du ein Promi wärst?

____

DER GROSSARTIGSTE MENSCH ÜBERHAUPT

Heute wurde ____________________,
(dein Name)

die/der weltberühmte

____
(dein Traumberuf)

offiziell zur tollsten Person

erklärt, die je gelebt hat.

Eine Umfrage unter allen

Menschen der Welt ergab,

(Selbstgemaltes Porträt oder Foto)

dass ____________________ so toll ist, dass die Erde
(dein Name)

eigentlich ____________________-Planet heißen müsste.
(dein Name)

Nach ihren/seinen großartigen Eigenschaften befragt,

sagte ____________________:
(dein Name)

____.
(Was würdest du sagen?)

Suchst du nach Ideen? Hier sind einige der berühmtesten Menschen, die je gelebt haben.

ISAAC NEWTON
Naturforscher und Entdecker der Schwerkraft

JOHANNA VON ORLÉANS
Militärische Anführerin, die Frankreich in mehreren Schlachten zum Sieg führte

NEIL ARMSTRONG
Astronaut, der erste Mensch auf dem Mond

WILLIAM SHAKESPEARE
Dichter und Theaterautor.
Er schrieb „Romeo und Julia".

LEONARDO DA VINCI
Maler und Erfinder.
Er malte die „Mona Lisa".

BERTHA VON SUTTNER
Pazifistin. Sie wurde 1905 mit dem Friedensnobelpreis ausgezeichnet.

WALT DISNEY
Filmemacher und Erfinder von Mickey Mouse und vielen anderen Figuren

UNGLAUBLICHER ABERGLAUBE

Überall auf der Welt gibt es abergläubische Menschen. Glaubst du, dass ...

Kreuze an.

		Ja, das stimmt!	Nein, das ist albern!
	es Unglück bringt, unter einer Leiter durchzugehen?	☐	☐
	ein vierblättriges Kleeblatt Glück bringt?	☐	☐
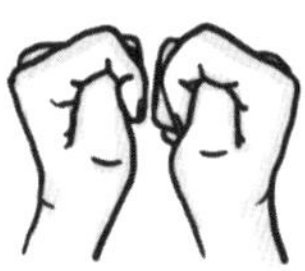	Daumendrücken Glück bringt?	☐	☐
	es Unglück bringt, wenn dir eine schwarze Katze über den Weg läuft?	☐	☐
	Gegenstände verflucht sein und ihren Besitzern Unglück bringen können?	☐	☐

		Ja, das stimmt!	Nein, das ist albern!
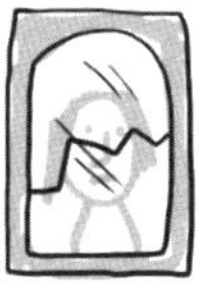	es sieben Jahre Unglück bedeutet, wenn man einen Spiegel zerbricht?	☐	☐
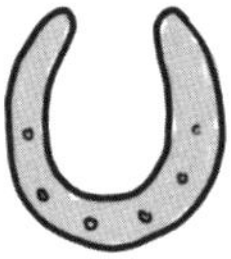	ein Hufeisen das Glück „anzieht“?	☐	☐
	Freitag, der 13., ein Unglückstag ist?	☐	☐

Schreibe hier auf, an was du glaubst.

Was ist mit deinen Familienangehörigen? Sind sie abergläubisch?

PLITSCHPLATSCH!

Schwimmst du gern? Welche Schwimmstile beherrschst du?

HUNDEPADDELN Ideal für Anfänger

Darin bin ich ...

- ☐ einigermaßen
- ☐ gut
- ☐ ausgezeichnet

BRUSTSCHWIMMEN Ideal für lange Strecken

Kann ich ...

- ☐ so la la
- ☐ halbwegs
- ☐ hervorragend

RÜCKENSCHWIMMEN Atmen – kein Problem!

Darin bin ich ...

- ☐ furchtbar
- ☐ mittelmäßig
- ☐ super

KRAULEN Ideal zum Wettschwimmen

Kann ich ...

- [ ] nicht gut
- [ ] nicht schlecht
- [ ] hammergut

DELFIN Super Konditionstraining (sieht leider blöd aus)

Kann ich ...

- [ ] gar nicht
- [ ] fast
- [ ] richtig gut!

SEITENSCHWIMMEN Ideal zum Ausruhen (und Quatschen)

Ich finde diesen Stil ...

- [ ] babyleicht
- [ ] elegant
- [ ] unmöglich

Welchen Schwimmstil magst du am liebsten? ______________________

WASSERGYMNASTIK

Was davon kannst du?

Rolle vorwärts	Rückwärtssalto unter Wasser	Unterwasser-handstand
☐	☐	☐

Das höchste Sprungbrett, von dem du je gesprungen bist, war

____

____

____

Den Weltrekord im Springen von einem Sprungbrett hält Lazaro Schaller, der 58,8 Meter in die Tiefe sprang (2015).

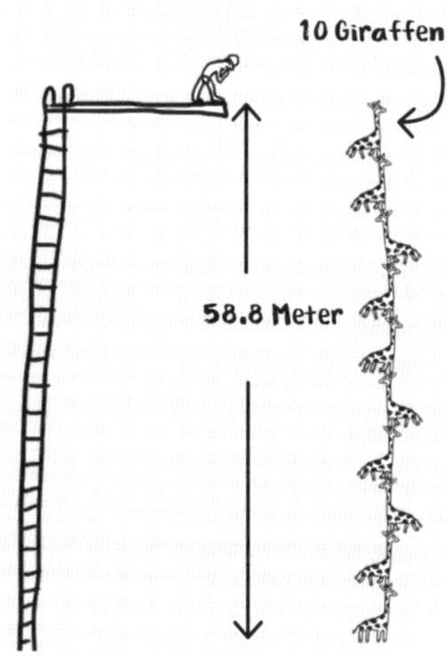

Wie tief war das tiefste Becken, in dem du je warst? ____ Meter

Bist du hineingesprungen und hast den Boden berührt?

Ja ☐ Nein ☐

Das tiefste Schwimmbecken der Welt ist 42 Meter tief. Es befindet sich in Padua, Italien. Außerdem hat es Unterwasserhöhlen.

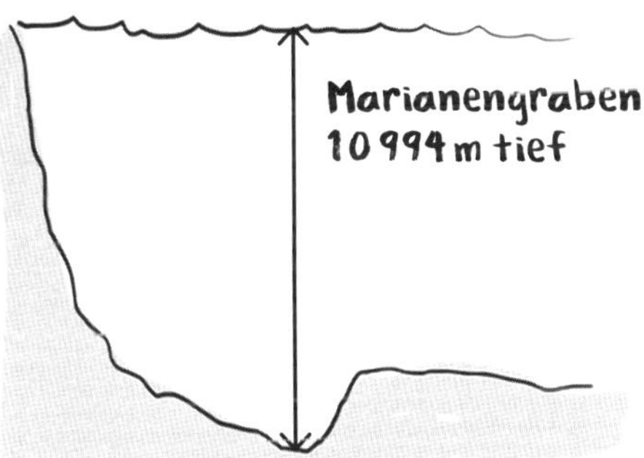

Der tiefste Punkt der Weltmeere ist der Marianengraben. Er ist 10 994 Meter tief. Nur drei Menschen tauchten (im U-Boot) bis auf den Meeresboden.

Ich würde lieber

☐ Auf den Everest klettern

☐ In den Marianengraben hinabtauchen

SCHWIMMSTATISTIK

Wie sehen deine persönlichen Rekorde aus?

Was war deine schnellste Zeit beim Schwimmen?

_____ Meter in _____ Sekunden

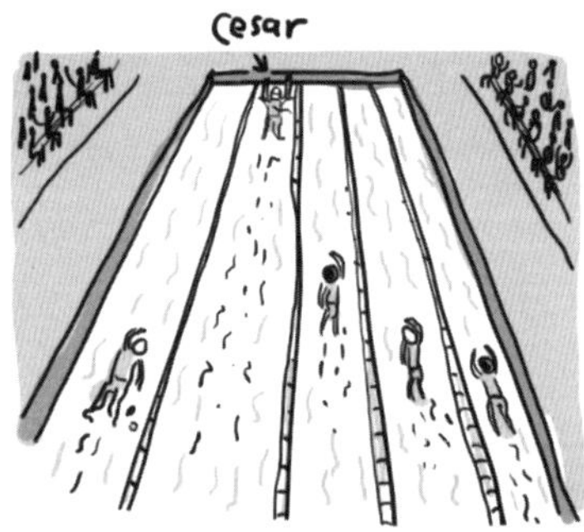

Als schnellster Schwimmer der Welt gilt Cesar Cielo, der eine Durchschnittsgeschwindigkeit von 2,39 m in der Sekunde erreichte.

Er konnte ein 50-Meter-Becken in etwas mehr als 20 SEKUNDEN durchschwimmen.

Was war die weiteste Strecke, die du je an einem Stück geschwommen bist?

_____ Meter

Die weiteste Strecke, die jemand ohne Schwimmflossen im Meer zurückgelegt hat, waren 225 Kilometer. Veljko Rogošić brauchte dafür **50 STUNDEN** (mehr als 2 Tage).

Das ist, als würde man **SECHSMAL** hintereinander durch den Ärmelkanal schwimmen.

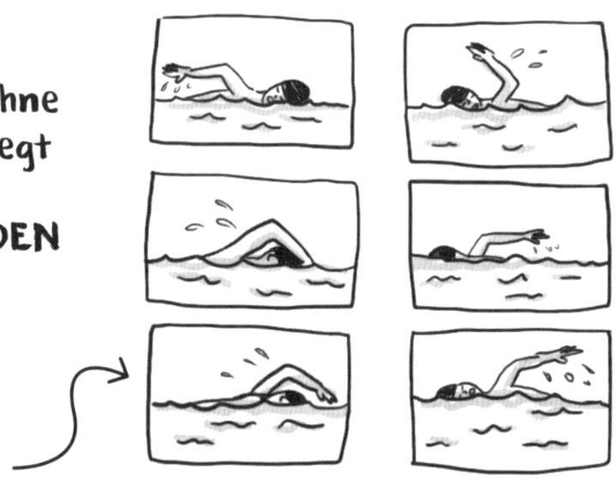

Wo oder was war die längste Wasserrutsche, die du je hinuntergerutscht bist?

____

Die längste Wasserrutsche der Welt ist 60 m lang. Sie steht in New Jersey, USA. Man braucht anderthalb Minuten bis nach unten.

Das beste Wellenbad, in dem ich jemals war, ist ______________________________

Die größte Wellenmaschine der Welt soll sich im Wave Palace Pool auf Teneriffa befinden. Die Wellen werden dort bis zu 3 m hoch.

DER PERFEKTE POOL

Beschreibe oder entwirf den perfekten Swimmingpool. Gibt es dort eine Rutsche und aufblasbares Wasserspielzeug? Schwimmen Tiere darin? Wie tief ist er am tiefen Ende?

Ein paar verrückte Ideen, die andere schon hatten.

Das Wasser im Pool des Library Hotels in Thailand ist knallrot.

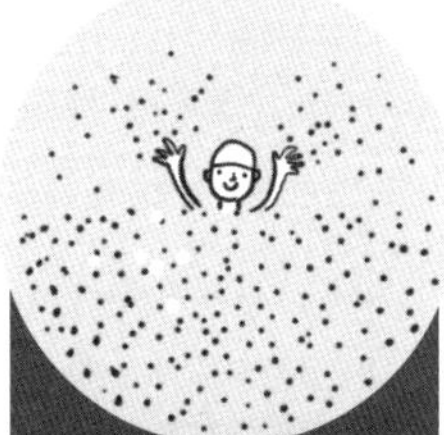

In einem Pool in China schwimmt man statt in Wasser in glibberigen Kügelchen.

Im Hotel Golden Nugget, Las Vegas, grenzt der Swimmingpool unmittelbar an ein Haifischbecken ...

Rund um den Pool des Sanctuary Swala Camps in Tansania grasen Elefanten und Antilopen!

Poolbecken können verrückte Formen haben.

Days Inn Memphis in Graceland, USA

Hotel Fontainebleau, Miami, USA

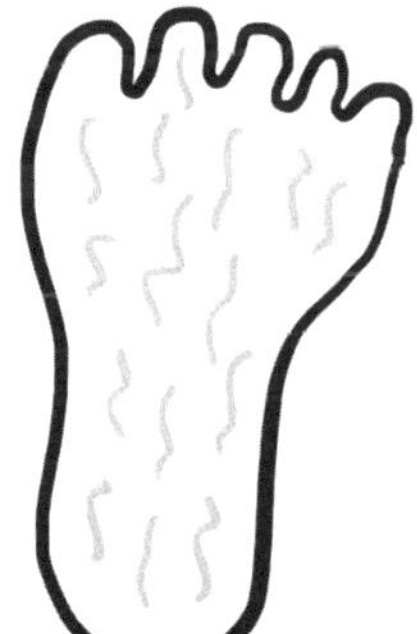

Crusoe's Retreat, Fidschi

Monaco Suites de Boracay, Philippinen

WELCHE SUPERPOWER DARF ES SEIN?

Wenn du dich für eine Superhelden-Fähigkeit entscheiden müsstest, welche würdest du wählen? Kreise sie ein oder male sie aus.

Unsichtbarkeit
Kraftfelder erzeugen
Mich in andere Menschen oder Tiere verwandeln
ROAAR!
Teleportieren (Mich von A nach B beamen)
Telekinese (Objekte durch geistige Kraft bewegen)
Etwas anderes?
Schreibe oder male deine Superpower hierhin.

SCHULE IST COOL!

Name deiner Schule

In welche Klasse gehst du?

Welche Lehrkraft magst du am liebsten?

Wer sind deine besten Freunde?

Wer ist am schnellsten in deiner Klasse?

Wer ist die oder der Größte in deiner Klasse?

Isst du mittags dein Pausenbrot oder in der Schulmensa?

Wer ist der Clown in deiner Klasse?

Welches Fach ist dein Lieblingsfach?

Was ist das Beste, das du in der Schule je gelernt hast?

Wenn du bestimmen dürftest ...

Welche Tage wären Schultage?

MONTAG
DIENSTAG
MITTWOCH
DONNERSTAG
FREITAG
SAMSTAG
SONNTAG

An welchen Tagen wäre Wochenende?

MONTAG
DIENSTAG
MITTWOCH
DONNERSTAG
FREITAG
SAMSTAG
SONNTAG

Kreise ein!

Welche Ferien genießt du am meisten?

- ☐ Weihnachtsferien
- ☐ Winterferien
- ☐ Osterferien
- ☐ Pfingstferien
- ☐ Sommerferien
- ☐ Herbstferien

Beschreibe die Schule deiner Träume

Hier findest du ein paar Ideen

SPITZENKLASSE(N)

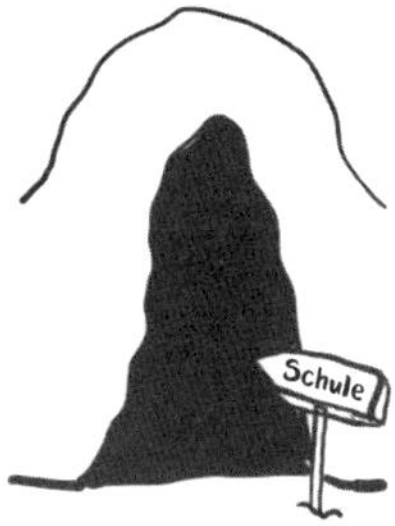

Die Dongzhong-Grundschule in China befindet sich in einer Höhle.

In Bangladesch gibt es über 100 Schulen auf Booten.

In der Mulleborg-Vorschule in Schweden findet der Unterricht im Freien statt – mitten im Wald.

Bevor sie 1995 geschlossen wurde, lag die Abo-Grundschule ganz und gar unter der Erde.

In der Freien Schule in Brooklyn haben die Schüler das Sagen. Sie suchen sich aus, was sie lernen wollen. Wenn sie wollen, können sie auch zu Hause bleiben. Und sie bestimmen die Schulregeln!

STRASSENSPIELE

Kennst du diese Spiele?

		SPIELE ICH			
		OFT	MANCHMAL	SELTEN	NIE
	FANGEN	☐	☐	☐	☐
	FUSSBALL	☐	☐	☐	☐
	SEILSPRINGEN	☐	☐	☐	☐
	HÜPFKÄSTCHEN	☐	☐	☐	☐
	MURMELN	☐	☐	☐	☐
	SCHNICK, SCHNACK, SCHNUCK	☐	☐	☐	☐
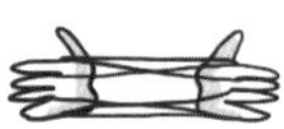	FADENSPIEL	☐	☐	☐	☐
	KLATSCHSPIELE	☐	☐	☐	☐

2012 wurde in Detroit, USA, ein 6 Kilometer langes Hüpfkästchen-Spielfeld angelegt. Ganz schön anstrengend!

2006 klickerten Michael und Jenna Gray 26 Stunden lang – das längste Murmelspiel der Geschichte.

1974 spielten drei Amerikaner 21 Stunden lang ein Fadenspiel. Dabei gingen die Fäden 21 200-mal hin und her. Weltrekord!

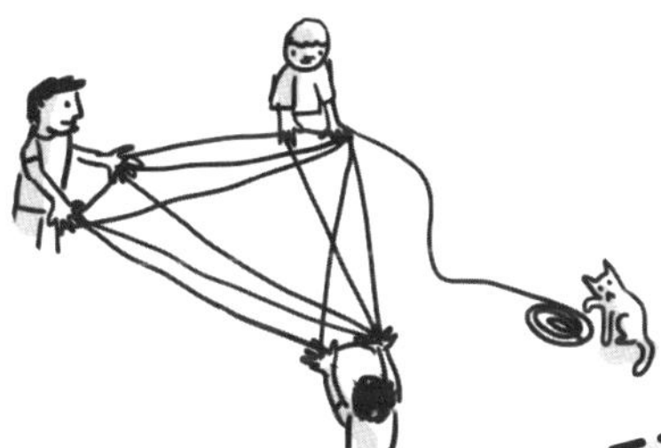

Das älteste bekannte Spiel heißt „Senet“. Es ist ein Brettspiel, so ähnlich wie Schach, und ungefähr 5000 Jahre alt. Senet-Bretter wurden in ägyptischen Gräbern gefunden.

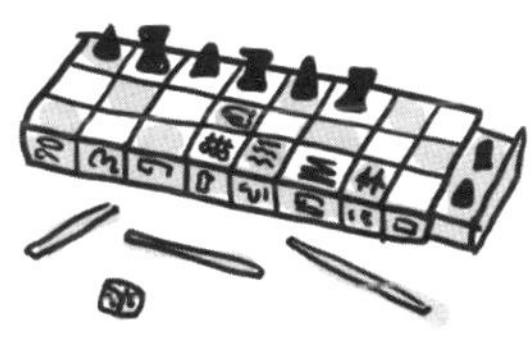

Welches Spiel spielst du am liebsten, wenn du draußen bist?

____

____

____

____

GRAFFITI

Normalerweise handelt man sich MÄCHTIG Ärger ein, wenn man Häuserwände bemalt. In diesem Buch darfst du nach Lust und Laune sprayen!

Ron ♡ Hermine

PANDALISMUS

ICH
HASSE
GRAFFITI

Hoch lebe die Schule,
so hoch, dass keiner
mehr rankommt.
Wer das liest,
fällt gleich um.

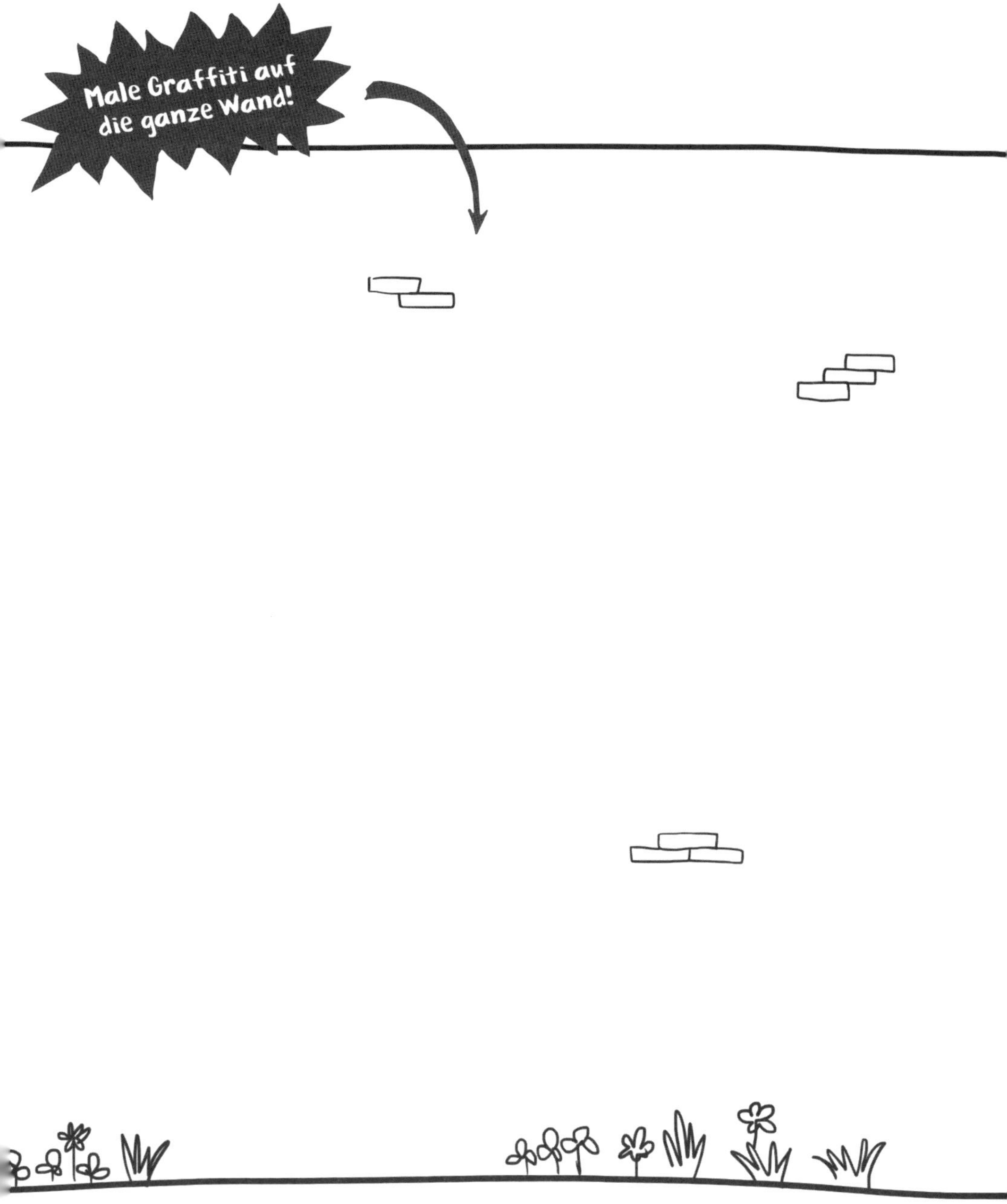
Male Graffiti auf
die ganze Wand!

LASS DICH ANSTIFTEN!

Federtaschen sind toll. Zeichne dein eigenes **Mäppchen** in den Kasten. Dann male das, was du von dem abgebildeten **Zubehör** besitzt, in das **Mäppchen** oder ziehe Pfeile.

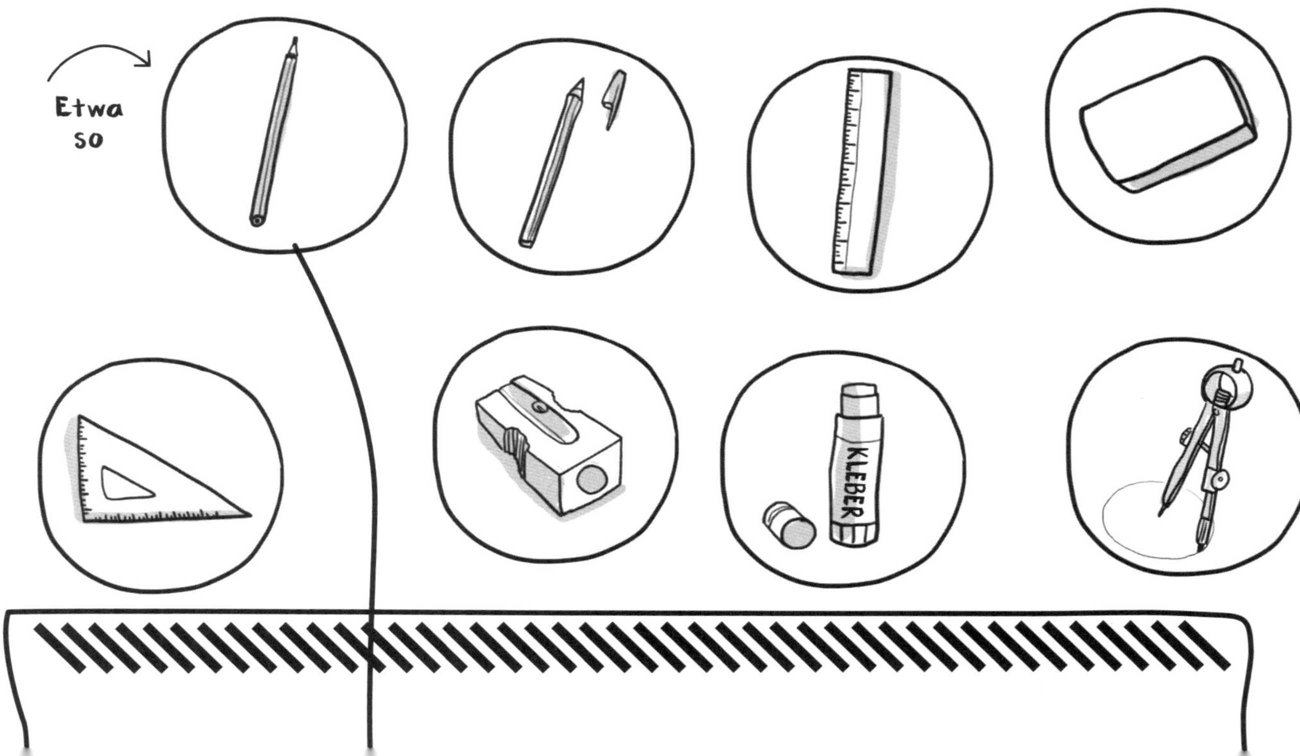

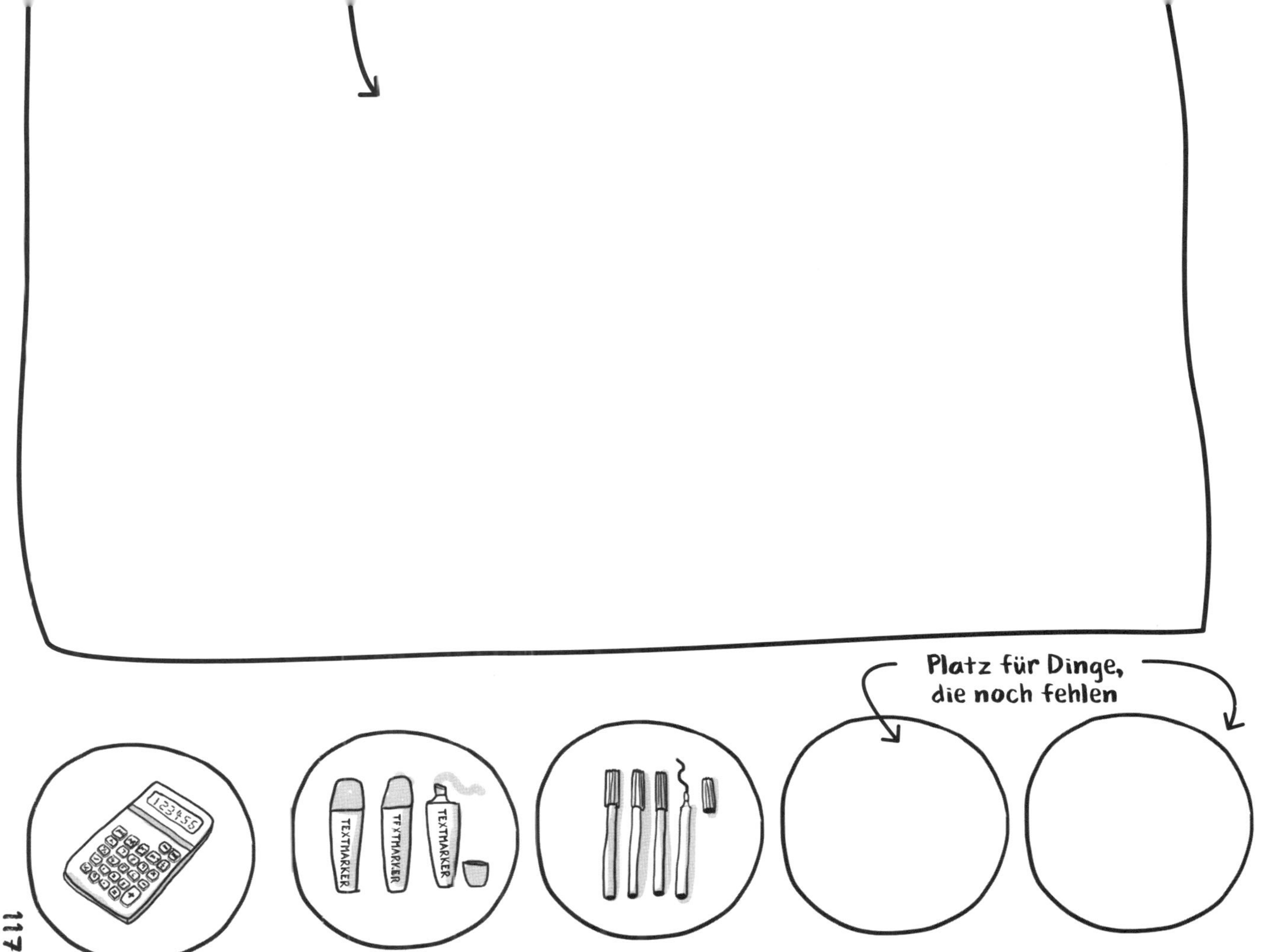
Platz für Dinge,
die noch fehlen
TEXTMARKER
TFXTMARKER
TEXTMARKER
123456

AUSGEZEICHNET!

Manche Leute müssen riesige Mäppchen haben ...

Der längste Bleistift der Welt ist 460 Meter lang.

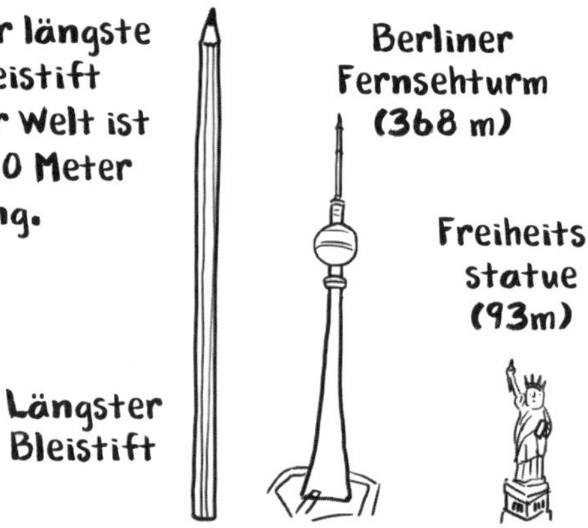

Bleistiftminen bestehen aus Blei. RICHTIG oder FALSCH? Antwort auf der übernächsten Seite.

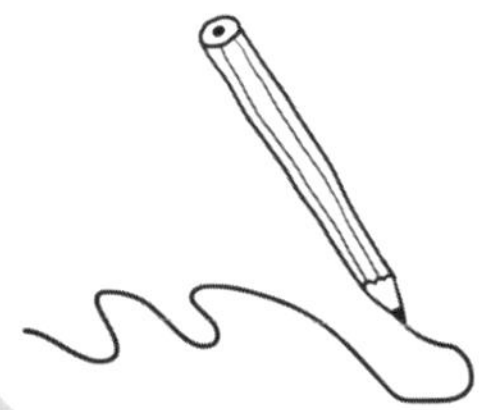

TESTGEBIET FÜR STIFTE ↓

Dein Stift malt nicht mehr richtig? Oder du willst einen neuen ausprobieren? LEG LOS!

Auf der Raumstation schreiben die Astronauten mit Bleistift.

Warum? Weil die auch in der Schwerelosigkeit funktionieren. Bei Kugelschreibern drückt die Schwerkraft die Tinte heraus – daher sind sie im All nutzlos!

Ein Kugelschreiber kann eine 3 Kilometer lange Linie zeichnen, ehe die Mine leer ist. Man könnte damit also dreimal um das Wembley-Stadion in London herumzeichnen.

Bevor es Radiergummis gab, wurden Bleistiftspuren mit einem zusammengedrückten Stück Weißbrot entfernt. Versuch es selbst!

Radiergummis sind meist nicht aus Gummi, sondern aus Kunststoff, zum Beispiel aus Vinyl.

MALE EIN KRITZELMONSTER

Kritzle etwas total Verrücktes hier hin. Dann male Augen, Arme und Beine dran und gib ihm einen Namen.

RÄTSELHAFTES VERSCHWINDEN ... Wo stecken bloß all die verlorenen Stifte? Wie viele findest du auf dieser Seite ... ____ Stifte

NEUES VON DEN ALTEN

Kennst du deine Großeltern? Und deine Urgroßeltern?

Wer ist der älteste Mensch in deiner Familie?

____

Wie alt ist er/sie?

____

Was ist seine/ihre älteste Erinnerung?

____

____

____

____

Kein Mensch wurde bisher älter als Jeanne Calment. Die Französin kam 1875 auf die Welt und lebte bis 1997, sie wurde **122** Jahre alt.

WIE NENNST DU DEINE GROSSELTERN?
Kreise ein oder schreibe eigene Bezeichnungen dazu ...

Großmama Omi Oma Großmutter Opa Großvater Babuschka Großväterchen Oldies Opi

→ FALSCH. Bleistiftminen werden aus einem Graphit-Ton-Gemisch gebrannt, das, anders als das Schwermetall Blei, ungiftig ist.

Zeichne deinen Stammbaum auf.

Urgroß-
eltern

Groß-
eltern

Eltern

Du

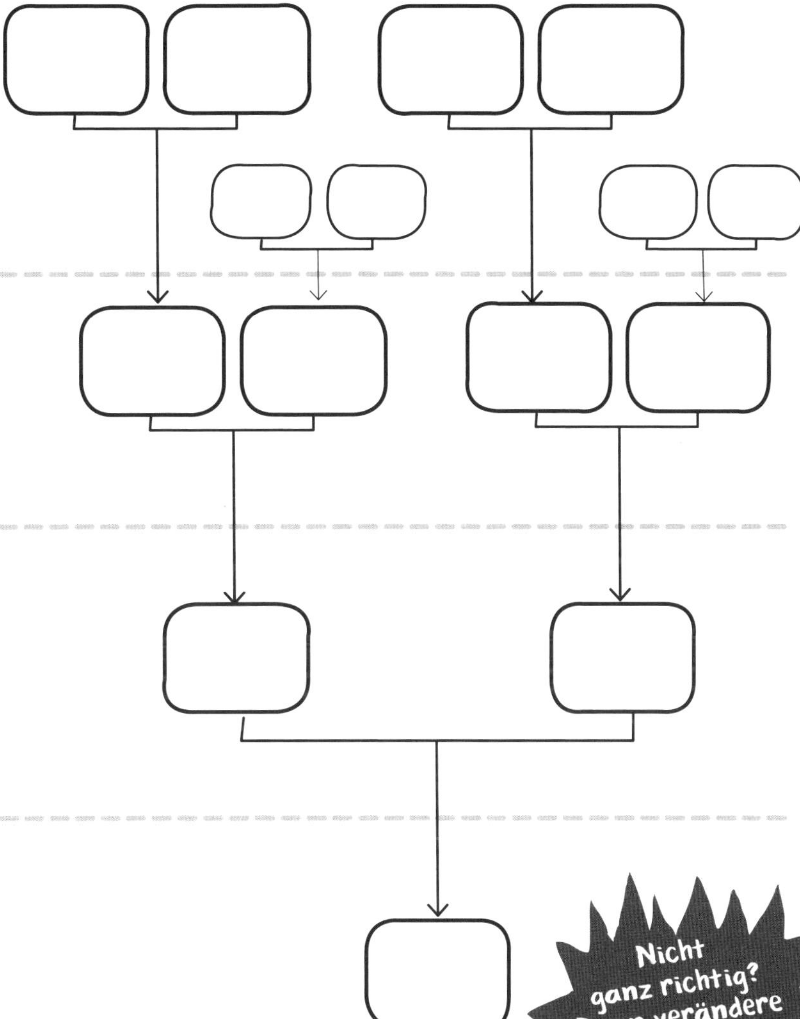

(Zeichne einen Kasten für jedes deiner Geschwister.)

Nicht ganz richtig? Dann verändere oder ergänze Kästen.

GESAMMELTE WEISHEITEN

Haben deine Großeltern Lieblingssätze?
Gib dir 10 Punkte für jede Bemerkung, die du schon einmal aus ihrem Mund gehört hast.

Zu meiner Zeit war das anders.

Weißt du, dass ich 83 Jahre alt bin?

(Oder wie alt sie auch immer sein mögen.)

Könntest du mir eine schöne Tasse Tee kochen?

Dieses Telefon hat ja gar keine Knöpfe.

Sprich lauter, mein Kind.

Die Jugend von heute ...

Hilfst du mir bitte beim Aufstehen?

Weißt du, was eine Kugel Eis früher gekostet hat?

Haben die Lieder heutzutage keine Melodie mehr?

20 Extrapunkte gibt es für:

30 Extrapunkte für:

(Mit der Brille auf dem Kopf)

DEIN ERGEBNIS:

0–50 Punkte
Deine Großeltern sind untypisch.

60–90 Punkte
Deine Großeltern sind Durchschnitt.

Über 90 Punkte
Du hast Bilderbuch-Großeltern.

SCHON GEWUSST?

Es gibt eine Qualle namens Turritopsis dohrnii, die nur stirbt, wenn sie gefressen oder krank wird.

Sobald ein Tier alt wird, entwickelt es sich wieder zurück bis zum Baby und der Lebenszyklus beginnt von vorne.

WAS WÄRE DIR LIEBER?

Kreuze an, was du bevorzugst.

Jeden Tag Halloween ODER jeden Tag Ostern

Jeden Tag Geburtstag ODER jeden Tag Weihnachten

Ganz langsam fliegen ODER superschnell rennen

Einen T-Rex besitzen ODER ein T-Rex sein

Jeden Tag dein Lieblingsessen essen müssen ODER es nie wieder essen

Die Sprache der Tiere ODER sämtliche Sprachen der Welt sprechen

In die Vergangenheit ODER in die Zukunft reisen

Einen Kopf wie ein Tischtennisball ODER einen Kopf wie ein Wasserball

Immer die Wahrheit sagen ODER immer lügen müssen

Schwierige Fragen.
Erfinde selbst eine!

MUMPITZ

Es gibt keinen Beweis, dass irgendeines dieser Wesen existiert – glaubst du trotzdem an sie?

		ERFUNDEN	REAL	REAL, HAB ICH SCHON GESEHEN
	Geister	☐	☐	☐
	Hexen	☐	☐	☐
	Vampire	☐	☐	☐
	Werwölfe	☐	☐	☐
	Zombies	☐	☐	☐
	Trolle	☐	☐	☐
	Das Ungeheuer von Loch Ness	☐	☐	☐
	Yeti	☐	☐	☐

Welche Art von Fabelwesen magst du am liebsten? ________

BASTEL DIR EIN SPUKSCHLOSS

Schneide die Türen und Fenster in diesem Spukschloss aus. Auf der Rückseite siehst du, wo du schneiden musst.

Zeichne die Geister, die darin hausen, auf Seite 129.

Male gruselige Umrisse auf die Rückseiten der Fenster.
Schneide nur entlang der gestrichelten Linien!

Zeichne deine Lieblingsmonster in die Fenster, damit es aussieht, als würden sie sich im Schloss verstecken!

Das Ungeheuer von Loch Ness wird erstmals in einem Buch aus dem Jahr 565 erwähnt. Es hat also schon bald 1500 Jahre (mindestens) auf dem Buckel.

Oder eine Zombiezone?

Ist es ein Vampirverlies?

SCHON GEWUSST? Mehr als 6 Millionen Deutsche glauben an Geister.

Oder eine Monster-WG?

HALLOWEEN

Die gruseligste Nacht des Jahres!

= 1 Million Kürbisse

In Großbritannien werden jährlich 10 Millionen Kürbisse gezogen ...

Male Gesichter auf die Kürbisse.

... aber nur eine halbe Million davon wird gegessen. Aus den anderen (9,5 Millionen) werden Halloween-Laternen geschnitzt.

Der größte Kürbis der Welt wog knapp über eine TONNE!

SO VIEL WIEGT EIN AUTO!

CHECKLISTE SÜSSES ODER SAURES

Hier abhaken

GRUSELIGES KOSTÜM ☐

UMGEBUNGSKARTE ☐

GROSSE TÜTE FÜR DIE SÜSSIGKEITEN ☐

GUTE MANIEREN ☐

(Erwachsene mögen höfliche Kinder. Komisch, oder?)

SCHON GEWUSST?

Der lauteste Schrei der Welt brachte es auf 129 Dezibel (oder dB).

Motorrad = 100 dB

Rockkonzert = 115 dB

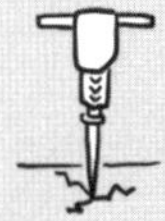

Pressluft-hammer = 125 dB

LAUTESTER SCHREI DER WELT = 129 dB

Der Schreihals war Jill Dawson aus England.

VERSTECK DEINE VORRÄTE!

9 von 10 Eltern geben zu, heimlich von den Halloween-Süßigkeiten ihrer Kinder zu naschen.

Wie heißt das gruse-ligste Buch, das du je gelesen hast?

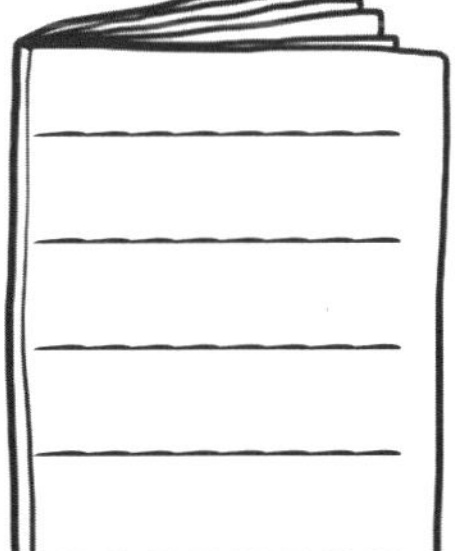

Wie heißt der gruseligste Film, den du je gesehen hast?

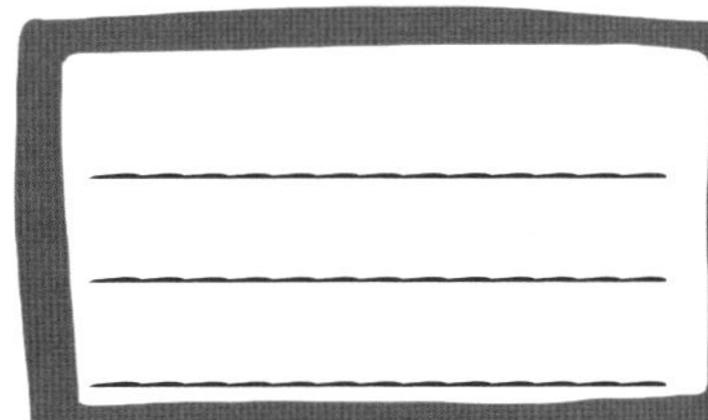

WUNDERBARE WEIHNACHTEN

Welches war das beste Weihnachtsgeschenk, das du je bekommen hast?

BESTES

SCHLIMMSTES

Und welches das schlimmste?

Wo verbringst du Weihnachten am liebsten?

- [ ] Zuhause
- [ ] Bei den Großeltern
- [ ] In den Ferien
- [ ] ______________________

Irgendwo anders?

Welches Weihnachtslied singst du am liebsten?

Wie sieht dein selbst entworfener Weihnachtspullover aus? Male ihn aus.

BITTE EINPACKEN!

Hier kannst du das schönste Weihnachtsgeschenkpapier aller Zeiten entwerfen.

Anschließend kaufst du ein ziemlich KLEINES Geschenk, reißt die Seite heraus und verpackst es damit!

WEIHNACHTSWISSEN

Schau dir diese Feiertagsfakten an!

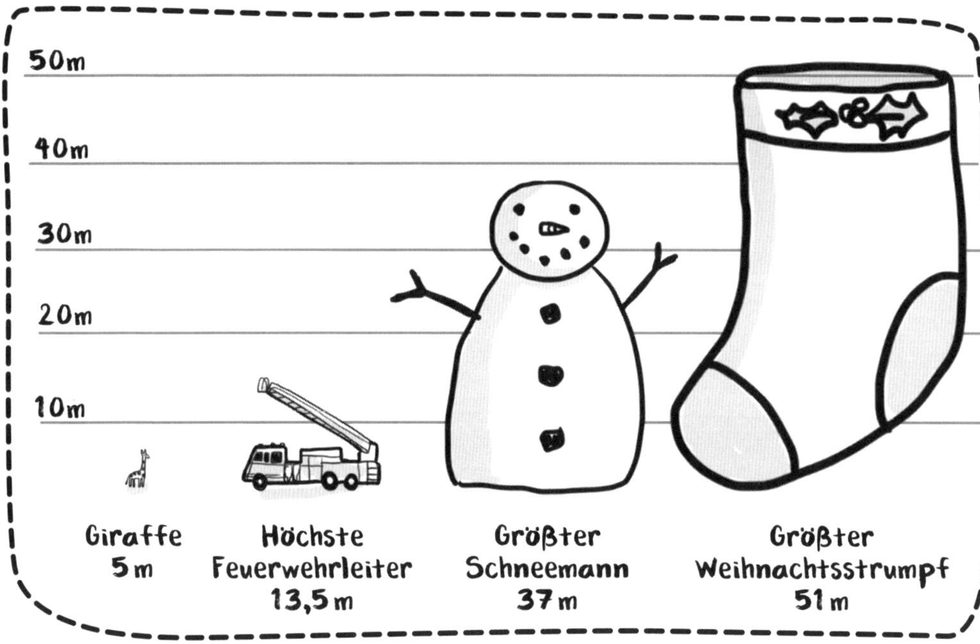

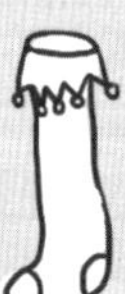

Der größte Weihnachtsstrumpf der Welt war 51 m lang. Er wurde 2011 in der Toskana angefertigt.

Der weltgrößte Schneemann war über 37 m groß. Er wurde 2008 in der amerikanischen Stadt Bethel gebaut. Die Bewohner brauchten einen ganzen Monat.

Was möchtest du dieses Jahr unter dem Weihnachtsbaum finden?

FAKTENCHECK

DIE DREI WEISEN AUS DEM MORGENLAND?

In der Bibel werden weise Männer erwähnt, aber nicht, ob es zwei, drei oder dreihundert waren.

OH (Ge)WEIH!

Männliche Rentiere werfen im Winter ihr Geweih ab – Rudolph und seine Freunde müssten also eigentlich „oben ohne“ dastehen.

Wie nennen englische Kinder den Weihnachtsmann?

a. Santa Claus
b. Papa Noël
c. Mister Hoho

Richtig ist Antwort a.

Der größte Weihnachtsbaum der Welt war 110,35 m hoch und wog 300 Tonnen. Er wurde 2015 in Mexico City aufgestellt.

RAUS AUFS LAND

Bist du gern auf dem **Land**? Hast/bist du schon einmal ...

Ja ☐

über einen langen Baumstamm balanciert, ohne runterzufallen?

Jep! ☐

Käfer in einem Einmachglas gesammelt?

Klar! ☐

Obst gepflückt?

Logo! ☐

einen riesigen Stock gefunden und mit nach Hause genommen?

Natürlich! ☐

einen Hügel heruntergekullert?

Ja! ☐

in einen Blätterhaufen gesprungen?

SCHON MAL STEINE ÜBERS WASSER SPRINGEN LASSEN?

Meine höchste Zahl waren

__________ Hüpfer.

Der Weltrekord liegt bei 88 Hüpfern. Kurt Steiner stellte ihn 2013 auf.

IST DAS ZU TOPPEN?!

Auf dem Land riecht es:

Kreuze an

- [ ] Eklig
- [ ] Okay
- [ ] Nicht super, aber man gewöhnt sich dran
- [ ] Köstlich

Pause hier ein Stück Baumrinde durch.

Was ist besser?

Kletterwand ODER Baum

Höhle in deinem Zimmer ODER Höhle im Wald

Pizza und Fernsehen ODER Picknick

Welche Farbe haben deine Gummistiefel?

Male die Stiefel aus.

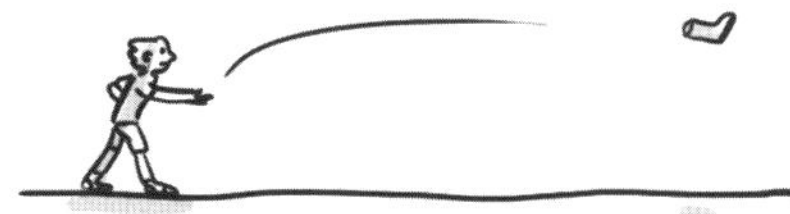

Der Weltrekord im Gummistiefelweitwurf liegt bei **64 Metern.**

PEINLICH!

Was waren deine peinlichsten Momente?
Gib dir Punkte für alles, was du schon erlebt hast.

Leicht peinlich (5 Punkte für folgende Erlebnisse)

Du spielst Fußball oder Basketball, willst den Ball versenken, aber er landet meilenweit daneben.

Du glaubst, du singst allein vor dich hin, aber dann merkst du, dass dich alle anschauen.

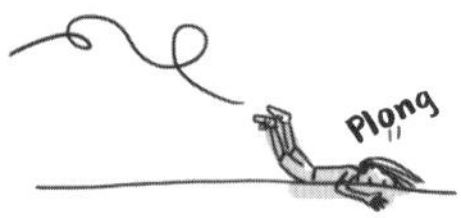

Du versuchst beim Turnen cool auszusehen und segelst stattdessen auf die Matte.

Du läufst den ganzen Tag mit deinem T-Shirt oder Pulli auf links durch die Gegend.

Du willst einen Stift aus deinem Mäppchen nehmen und alles, was darin ist, fällt zu Boden.

Du kippst Wasser auf deinen Rock oder deine Hose und alle glauben, du hast dich vollgepinkelt.

Voll peinlich (10 Punkte für folgende Erlebnisse)

Dir entfährt vor der ganzen Klasse ein lauter Furz.

Du musst beim Essen oder Trinken so lachen, dass dir das Zeug aus der Nase quillt.

Du schließt dich auf dem Klo ein und bekommst das Schloss nicht mehr auf.

Du bist den ganzen Tag mit einem Popel an der Nase herumgelaufen und keiner hat dich darauf hingewiesen.

Super peinlich (20 BONUSPUNKTE, wenn du ...):

jemals aus Versehen „Mama“ zu deiner Lehrerin gesagt hast!

PUNKTE
0–20 Cooler Typ
30–60 Du neigst zu Peinlichkeiten.
70–90 Krass!

Schreibe dein peinlichstes Erlebnis hier hin:

____

____

____

____

WELTRAUMFERIEN

Welchen Planeten im Sonnensystem würdest du besuchen, wenn du es könntest? Zeichne einen Astronauten oder eine Raumstation auf deinen Lieblingsplaneten.

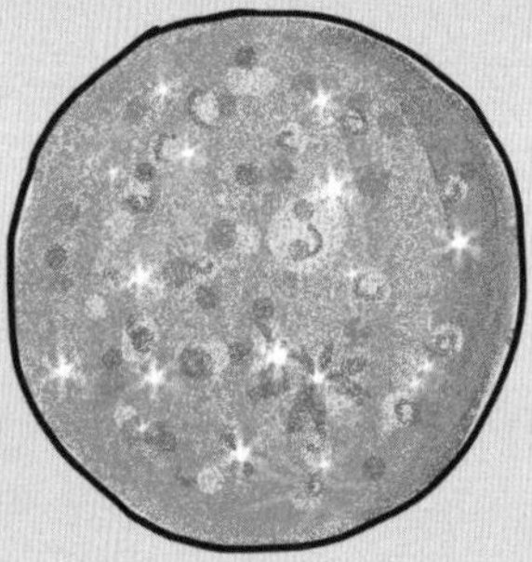

MERKUR

In einem Erdenjahr vergehen auf dem Merkur vier Jahre! Dort hättest du also viermal so oft Geburtstag. Allerdings gibt es dort keine Atmosphäre – was bedeutet, dass sich das Wetter nie ändert. Langweilig, oder?

VENUS

Auf der Venus gibt es viele tolle Vulkane. Allerdings riecht es dort nach faulen Eiern (Schwefel) und es ist im Schnitt 450 Grad heiß. Heiß genug, um Blei zu schmelzen!

MARS

Die Schwerkraft ist hier deutlich schwächer, sodass du dreimal so hoch springen kannst wie auf der Erde. Aber im Winter ist es saukalt (–140 Grad). Und es gibt monatelange Staubstürme.

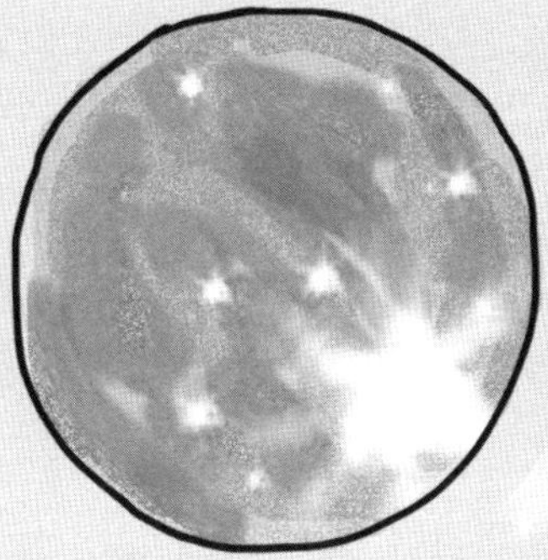

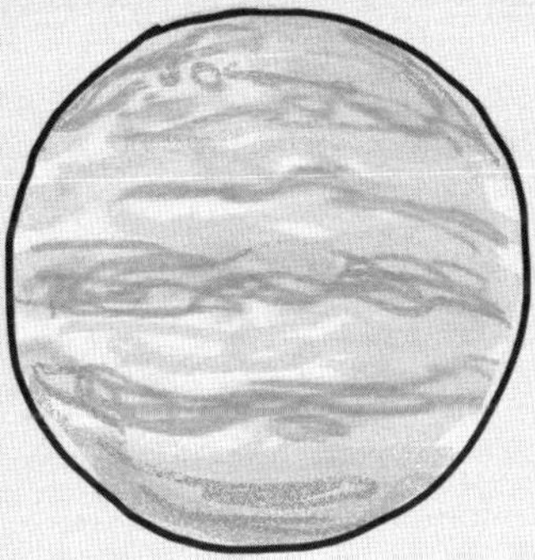

JUPITER

Der Jupiter ist riesig: 1300-mal größer als die Erde. Es gibt also VIEL zu entdecken. Allerdings besteht er aus Gas, was das Herumlaufen schwierig macht.

SATURN

Der Saturn hat tolle Ringe! Acht große und Hunderte kleine! Außerdem 60 Monde! Aber die Atmosphäre ist so dicht, dass du im Nu zerquetscht werden würdest.

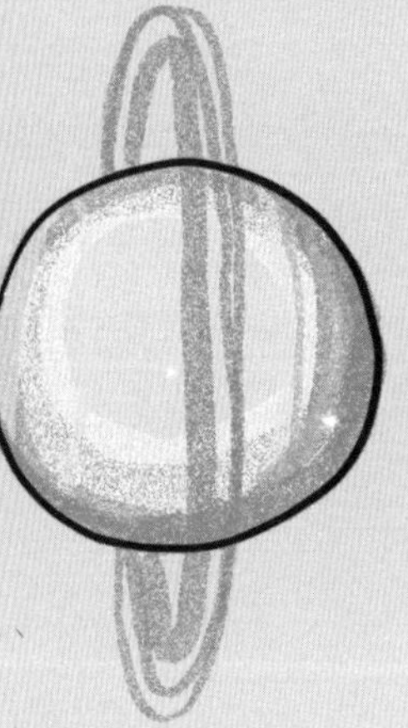

URANUS

Hier gibt es jede Menge Eis, falls du einen Schneemann bauen willst. Du musst aber Ofenhandschuhe mitnehmen, denn das Eis ist kochend heiß!

NEPTUN

Über den Neptun wissen wir nicht viel. Du wärst also auf einer fantastischen Erkundungsmission. Allerdings brauchst du für die Hinreise 10 Jahre. Wie alt wärst du dann?

Oder würdest du lieber auf einem Mond oder einem Zwergplaneten leben? Europa? Titan? Pluto? Schreibe auf WO und WARUM.

____

____

____

____

WELTRAUMPORTO

Der 5-jährige Oliver Giddings wollte wissen, wie viel Porto ein Brief zum Mars kosten würde. Die britische Post rechnete es für ihn aus: 11.602,25 Pfund (umgerechnet 16.290,72 Euro). Das entspricht dem Preis für ein neues Familienauto.

KEIN ZURÜCK

Niemand hat je einen der anderen Planeten im Sonnensystem besucht.

Die NASA plant ihre erste bemannte Mission zum Mars irgendwann nach 2030. Es wäre eine Reise ohne Wiederkehr.

Würdest du einen einfachen Flug zum Mars buchen?

JA ☐ NEIN ☐

BOHNENSTANGEN

Wusstest du, dass sich unser Rückgrat im All streckt? Astronauten sind in einer Weltraumstation ungefähr 5 Zentimeter größer als sonst. Wie groß würde dich das machen?

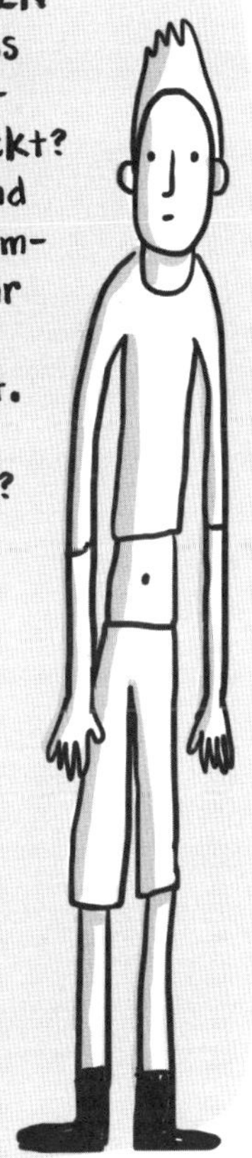

Größe auf der Erde:

____

Größe im All:

____

WIE BITTE?

Ungefähr 105 Millionen Menschen auf der Welt sprechen Deutsch als Muttersprache, weitere 80 Millionen Menschen benutzen es als zweite Sprache. Allerdings verwenden nicht alle die gleichen Wörter. Hier sind einige Beispiele.

Schreibe auf, was du sagst. ↓

Erdapfel Kartoffel Patatli

Fahrrad Velo Drahtesel

schlafen pennen ratzen

Joppe Jäggli Jacke

Zeltli Zuckerl Bonbon

Grüezi Servus Moin

Wie nennst du die folgenden Dinge?
(Kreise deine Auswahl ein oder schreibe deine eigene Variante dazu.)

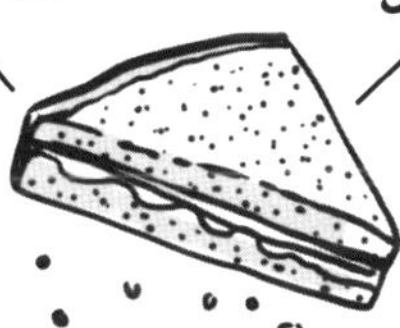

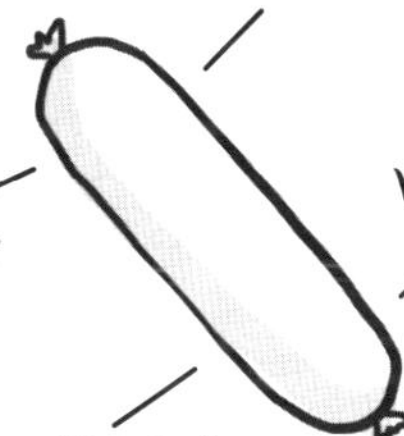

ELEKTRONISCHES SPIELZEUG

Zeichne oder schreibe eine Liste deiner elektronischen Lieblingsspielzeuge, egal ob Taschenrechner, Konsole, ferngesteuerter Dinosaurier oder was sonst noch.

Wenn du magst, kannst du auch die Geräte deiner Eltern dazumalen.

Auf welches Gerät könntest du nicht verzichten?

____

____

____

____

Wenn du jedes Gerät der Welt haben könntest, welches würdest du auswählen?

____

____

____

____

Welcher deiner Freunde ist am meisten besessen von elektronischem Spielzeug? (Oder bist du das?)

____

____

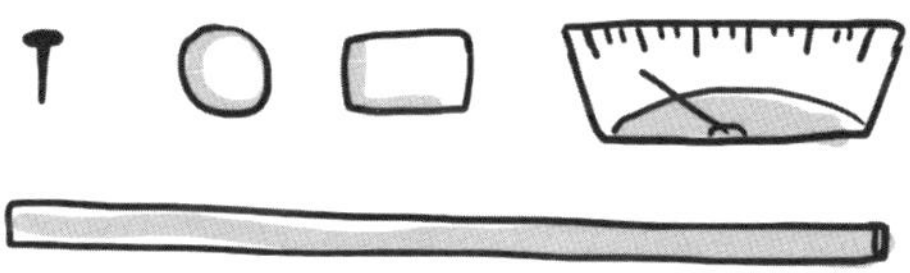

Entwirf einen Spielzeugroboter.

FOTOAUTOMAT

Fotografiere dich mit verschiedenen Gesichtsausdrücken. Drucke die Bilder aus und klebe sie hier ein.

Mein glücklichstes Gesicht

Mein traurigstes Gesicht

Mein zornigstes Gesicht

Mein lustigstes Gesicht

Diese Motive sind schwieriger. Du kannst dich auch zeichnen, wenn dir das lieber ist!

Ich lese im Kopfstand dieses Buch.

Ich balanciere einen Bleistift auf der Nase.

Ich mache auf Gorilla.

Denk dir selbst etwas Verrücktes aus.

PARTY MACHEN

Es ist Zeit, sich zu verkleiden und auf den Putz zu hauen! Als was verkleidest du dich am liebsten?

Pirat Superheld Prinzessin Cowboy Vampir

↑ Oder etwas anderes?

Als was schminkst du dich am liebsten?

Tiger Schmetterling Monster Fee Spiderman

↑ Oder etwas anderes?

Wie lang war die längste Polonaise?

Wer kommt zu
deiner Traum-Party?

Liebe/r ____________

und ____________

und ____________

und ____________

und ____________

und ____________

und ____________

Bitte kommt
zu meiner Party!

Welche Spiele würdest du
auf deiner Party spielen?

SPIELELISTE

1. ____________

____

2. ____________

____

3. ____________

____

↙ Ein paar Ideen

Schokoladenessen

Stopptanz

Stille Post

Ochs vorm Berg

Plumpsack

Blinde Kuh

Reise nach Jerusalem

Oder
kennst du
bessere
Spiele?

Packe die beste Partytüte aller Zeiten!
Schreibe oder male fünf Artikel hinein.

Wenn du noch andere Ideen hast, male sie in die Tüte.

Suche ein Tier oder einen Gegenstand aus, den die Gäste auf deiner Party aus Luftballons formen sollen:

Hund

Schwert

Schmetterling

Giraffe

Blume

Oder zeichne etwas Eigenes.

Die längste Polonaise der Welt bestand aus 119 986 Menschen. Das sind etwa so viele, wie die Stadt Göttingen Einwohner hat. Sie fand 1998 in Miami, USA, statt.

ANPFIFF

Kreise alle Sportarten ein, die du schon ausprobiert hast. Male sie bunt aus, wenn sie dir gefallen.

Deine Lieblingssportart war nicht dabei? Zeichne oder schreibe sie hier hin.

LIEBLINGSMANNSCHAFT

Bist du Fan von einer Fußballmannschaft?
Dann zeichne hier ihr Trikot.

Heimtrikot

Auswärtstrikot

Wenn du Fußball nicht magst, erfinde dein eigenes cooles Sport-Outfit.

Lieblingsfußballspieler

____

KURIOSE OLYMPISCHE SPORTARTEN

Bei den Olympischen Spielen wurden schon für viele seltsame Sportarten Medaillen vergeben. Um nur einige zu nennen ...

Tauziehen

Ballonfahren

Wettdichten

Tandemrennen

Singen

Welche Sportart würdest du zur olympischen Disziplin machen?

Olympische Goldmedaillen bestehen aus Gold. Richtig oder Falsch? →

LICHT AUS!

Das ist das Ende des Buches. Zeit, sich auszuruhen.

Hier kannst du einen coolen Schlafanzug entwerfen.

Was ist die längste Zeitspanne, die du am Stück im Schlafanzug verbracht hast (ohne, dass du krank warst)?

Falsch. Bis 1912 wurden sie aus reinem Gold gefertigt, seitdem bestehen sie hauptsächlich aus ... SILBER!

Aufgewacht bin ich um:

Schlafanzug ausgezogen habe ich um:

Füge die Zeiger ein!

Was war der seltsamste Traum, den du jemals geträumt hast?

In welcher Position schläfst du am liebsten?

Kreise die Position ein oder male sie bunt aus!

QUELLEN

Die Fakten für „Mein supercooles Buch über mich“ habe ich überall gefunden – in kuriosen Büchern, auf wunderbaren Webseiten und in superklugen Zeitungen. Um nur einige zu nennen:

Kuriose Bücher:
Guinness World Records (Guinness World Records, 2015)
Knowledge Encyclopedia (Dorling Kindersley, 2013)
Super Human Encyclopedia (Dorling Kindersley, 2014)
5000 Awesome Facts (About Everything) (National Geographic, 2012)
1227 QI Facts to Blow Your Socks Off von John Lloyd und John Mitchinson (Faber and Faber, 2012)
1339 QI Facts to Make Your Jaw Drop von John Lloyd und John Mitchinson (Faber and Faber, 2013)
Außerdem: Die QI Fernsehshow und die QI Elfen auf Twitter, die Buchreihen „Horrible History“ und „Horrible Science“

Wunderbare Webseiten:
http://kids.britannica.com/
www.guinnessworldrecords.com
www.nationalgeographic.com
www.qi.com
http://wwww.newscientist.com/
http://www.nasa.gov/

Und, natürlich, Google.

Superkluge Zeitungen:
The Guardian
The Independent
The Telegraph

Eine vollständige Liste findest du unter: http://bit.ly/23dRlcx